Die Bettler-Oper

Dritter Band

SALZWASSER
VERLAG

Elise Polko

Die Bettler-Oper

Dritter Band

Unveränderter Nachdruck der Originalausgabe von 1864.

1. Auflage 2022 | ISBN: 978-3-75259-726-4

Verlag: Salzwasser Verlag GmbH, Zeilweg 44, 60439 Frankfurt, Deutschland
Vertretungsberechtigt: E. Roepke, Zeilweg 44, 60439 Frankfurt, Deutschland
Druck: Books on Demand GmbH, In de Tarpen 42, 22848 Norderstedt, Deutschland

Die Bettler-Oper.

Die Bettler-Oper.

Ein Lebensbild

aus der Dichter- und Musikerwelt der Zeit Georg I.

von

Elise Polko.

Dritter Band.

Hannover.

1864.

Capitel XIV.

Ein Freundschaftsbruch.

„Adieu donc — pour toujours!“
Maria Stuart.

Die gefeierte Schriftstellerin Mary Worthley, Lady Montagu, wie sie sich nun einmal am liebsten nannte, war übler Laune. Sie saß in einem wenig gewählten Negligée vor einem Tische, der mit Papieren und Büchern bedeckt war. Eine Wolke schwebte auf ihrer klugen Stirn, die stolzen Augen schossen Blitze und ein bitterer Zug hatte sich um den Mund gelagert. Zerstreut öffnete und las sie die vielen Briefe, die vor ihr lagen, Zuschriften in Prosa und Versen. „Gedichte schickt er regelmäßig, aber in Person sich einzufinden, dazu ist der Kleine zu träge. Was könnte ihn sonst abhalten, als seine eigene Bequemlichkeit, er hat keine Lust, sich anzuziehen, das ist Alles!

Es ist behaglicher, ein Gedicht an die „theure Freundin“ im Bette zu schreiben, als in knappen Schuhen und wohlgepuderter Perrücke anzubeten. Aber hübsch ist's, was er da sagte!“ Und mit halblaüter Stimme las sie folgende Verse:

Als Mary von Twikenham fern.

„Ah friend! tis true, this truth you lovers know:
In vain my structures rise, my gardens grow,
In vain fair Thames reflects the double sienes
Of hanging mountains and of sleeping greens,
Joy lives not here to happier sents it flies
And only dwells where Wortley casts her eyes.

What are the gay parterre, the chequer shade,
The morning bower, the evening colonade,
But suft recesses of meady minds,
To sigh unheard in to the passing winds
So the struck deer, in some sequester'd part
Lies down to die, the arrows at his heart
There, strech'd unseen in coverts his from day
Bleeds drop by drop, and pants his life away.“

(„Ach, Freund! wie wahr ist, was ihr Liebenden behauptet: vergebens ist's, daß meine Bauten sich erheben und meine Gärten blühn; vergebens, daß der schönen Themse klarer Spiegel der hohen Berge und der sanft gesenkten Weiden Abbild wiedergiebt: Die Freude weilt hier dennoch nicht; sie ist entflohn zu schönern Stellen und lebt nur dort, wohin der schönen Worthley Auge fällt.

Was sind die bunten Blumenbeete, die wechselnden Schatten, des Morgens Lauben und des Abends Säulengänge, was sind sie dem von ruheloser Sehnsucht heimgesuchten Herzen anders, als ein still geheimer, einsam trauter Aufenthalt, von welchem aus es unbemerkt den Winden seine Seufzer anvertraut? — So legt das getroffene Wild auf abgeschiedener Stelle sich, den Pfeil im Herzen, hin, zu sterben.")

„Er hat wirklich ein artiges Talent, der Kleine und liebt mich grenzenlos. Aber eine Stunde in Hervey's Gesellschaft wiegt doch ein jahrelanges Zusammensein mit dem Dichter auf. Sollte er wirklich so thöricht sein, Mary Lepel, die große Coquette, zu heirathen? Er läßt sich nicht sehen, ebenso wenig Pope, das bedeutet ein böses Gewissen. Oder zürnt er mir ernstlich, jener

Flatterhafte, daß ich ihm mein Portrait verweigerte, während ich den getreuen Pope mit dem schönsten Bilde beschenkte, das je eines Malers Hand von mir entwarf? Ach, da ist seine Handschrift! Was hat er mir zu schreiben? Wird er heute kommen?" — Und die stolze Dame riß etwas hastig den Umschlag eines Briefes herab, dessen Siegel das Wappen der Hervey's zeigte. Wenige Zeilen nur waren es, die der Lord geschrieben, sie enthielten folgende Worte:

„Die schönste und geistvollste Frau der Erde verweigerte einem armen Sclaven ein Zeichen ihrer Gnade, das ihn in den Himmel gehoben haben würde, — ihr Portrait. Ein Anderer, den sie zu beglücken wähnte durch solches Geschenk, hat einen seltsamen Platz gewählt für das Bildniß einer Göttin. Man findet es nämlich in dem Stübchen zweier hübschen Schwestern, Martha und Therese Blount in Berkeley Square, zwischen denen ein gewisser Poet noch immer nicht zur Entscheidung kommen kann, welcher von den beiden Glücklichen er sein Herz und seinen Namen zu Füßen legen soll, obgleich er, wie man sagt, schon seit Jahren darüber nachdenkt. Darf ich den kostbaren, verschleuderten Schatz dort stehlen? Auf einen Sonnenstrahl der Gnade, auf ein „Ja" wartet Hervey."

Einige Augenblicke stand Mary Worthley fassungslos. Ihre Lippen bebten, sie athmete rasch und heftig. Dann zerdrückte sie den Brief in der Hand und öffnete die Thür des Nebenzimmers. „Bringe mir meinen rothen Shawl und einen Schleier und sage John, daß er den Wagen anspannt, ich will ausfahren", herrschte sie einem jungen kaum vierzehnjährigen Mädchen zu, das von einem Buche schüchtern zu ihr aufblickte. „Bleib, Annie", rief ein schöner Knabe, der sich eben vom Boden erhob, wo er sich mit bemerkenswerther Nichtachtung seines Anzugs mit einem großen Hunde herumgetrieben, „ich werde Nancy sagen, daß sie es der Mama holt!"

Und fort sprang er. „Bist Du böse, Mama?“ fragte die Tochter ängstlich.

„Ja, denn meine Seele ist empört über einen Verräther.“

Das junge Mädchen schien sich ernstlich zu beunruhigen, um so mehr, als es den Sinn der Phrase nicht begriff, die Heftigkeit der Mutter aber zur Genüge zu kennen schien. Und der Ausdruck ihrer Züge deutete auf einen ungewöhnlichen Sturm.

„Hat der häßliche Lord Hervey Dir Etwas gethan?“ fragte sie nach einer Weile.

Es war wunderbar, die Kleine hatte eine entschiedene Abneigung gegen diesen Freund des Hauses und der jüngere Bruder theilte sie. Lord Hervey hätte die abscheulichsten Dinge begehen können, sie würde es von ihm nur natürlich gefunden haben. Hörte sie von den Dienstleuten oder deren Bekannten, denn in andere Gesellschaft kamen die armen Kinder der berühmten Mutter kaum, von schlechten Streichen erzählen, so war gewiß Hervey als Helfershelfer dabei gewesen. Auch der Vater, Lord Worthley, der sich oft in die Kinderstube schlich, konnte keine seiner beliebten Räubergeschichten und Mordthaten erzählen, ohne daß am Schluß Annie fragte: „Nicht wahr, der Jack oder Will sah genau so aus wie Lord Hervey?" was denn immer mit einem kurzen Lachen, das von einer seltenen Uebereinstimmung zeugte, bestätigt wurde.

„Hervey?" wiederholte die Mutter entrüstet. „Was fällt Dir ein? Der alberne undankbare Pope ist es, der mich erregte. Ich habe meine Wohlthaten an einen Undankbaren verschwendet. Er wird nie mehr unser Haus betreten."

In diesem Augenblicke kehrte Charley mit Nancy und den verlangten Gegenständen zurück, die Lady verbarg ihr Morgencostüm unter den Falten ihres Shawls, drappirte ihr Haupt möglichst anmuthig mit einem schwarzen Schleier und fuhr zur Stelle nach Berkeley Square. O, sie war eine Frau von raschen Entschlüssen, die gefeierte Lady Montagu! Während der Wagen dahinrollte, empfand die stolze Frau aber dennoch alle Qualen der verwundeten Eitelkeit. Sie konnte sich nicht so plötzlich in den Gedanken finden, daß ihr unterwürfigster Diener, der Mann, dessen ganzes Sein und Wesen sie von ihrem Bilde erfüllt glaubte, den sie mit ihrem Geist und ihrer Schönheit in unzerreißbare Fesseln geschlagen zu haben wähnte, Zeit gefunden, sich einem anderen Weibe zu nähern, an ein anderes Weib auch nur zu denken, oder gar um ein anderes Weib zu werben. So kalt sie sich dem Anbetenden gegenüber stets gezeigt, — ja, sie hatte sogar in seiner Gegenwart jene viel besprochenen Worte mit dem Diamant ihres Ringes in die Fensterscheibe ihres Arbeitszimmers geschnitten:

„Let this great maxim by my virtue's guide
In part she is to blame that has been tried,
He comes too near, that comes to be denied."

(„Der stolze Grundsatz meiner Tugend sei: daß die schon Tadel verdient, die man zu prüfen wagt, denn schon zu nah kam der, den man zurück muß weisen.")

so war es ihr doch nicht gleichgültig, ihn an eine Andere zu verlieren. Aber es war nicht die Eifersucht einer wärmeren Empfindung der Freundschaft oder gar der Zuneigung, die den Fliehenden festzuhalten strebte, dergleichen Gefühle störten die Ruhe dieses Herzens nie, es war vielmehr der Zorn der Herrin über einen entflohenen Sclaven, an dessen Dienste sie sich gewöhnt. Nie hatte er den Namen der beiden Schwestern vor ihr genannt, sie wußte also nicht, daß ihr stilles Haus seit Jahren schon ein Asyl des Dichters geworden war und daß er jene Zimmer in der Nähe von Twikenham, in denen er seine Freunde und die Briefe der Lady empfing, nur zu bestimmten Tagesstunden bewohnte.

Aus einer alten römisch-katholischen Familie in Oxfordshire, waren Therese und Martha Blount nach dem Tode ihrer Eltern mit einer blinden Verwandten nach London gezogen. Pope begegnete den beiden Mädchen einmal zufällig auf der Straße und fühlte sich so gefesselt von dem Reiz des Contrastes der lebhaften Brünette Therese und der zarten Blondine Martha, daß er ihnen folgte und am nächsten Tage ein artiges Gedicht in ihre Wohnung sandte, mit der Bitte, sie besuchen zu dürfen. Sein damals schon durch das Gedicht „der Lockenraub“ berühmter Name verschaffte ihm sofort Eingang, und er fand die Schönen bei näherer Bekanntschaft nicht minder angenehm als beim ersten Begegnen. Ein seltsames Verhältniß entstand nun, eine Art Liebe zu Dreien, ein Gemisch von Zärtlichkeit, Eifersucht, Vertrauen, Uneigennützigkeit, kleinlichen Zänkereien und leidenschaftlichen Versöhnungen. Pope begann damit, Therese ausschließlich zu bewundern, dann schwankte er, Mißverständnisse folgten, Bitterkeit und Unfrieden traten auf. Bei der übergroßen Empfindlichkeit seiner Natur fühlte er sich jeden Augenblick durch die harmloseste Bemerkung verwundet, jenes alte lähmende Mißtrauen, durch seine Gestalt und sein Gesicht keiner Frau Liebe einflößen zu können, vergiftete sein Leben. Alle diese verschiedenen Perioden seiner Liebe, alle diese wechselnden Gefühle traten in Form von Briefen und Gedichten an die Schwestern ans Tageslicht. Sie enthielten bald scherzende Liebeserklärungen, leidenschaftliche Ergießungen einer erregten Seele, bald satyrische Ermahnungen, Rathschläge und Warnungen, heftige Vorwürfe oder graziöse Galanterien. Die Antworten fielen freilich dürftig genug aus, meist war der Dichter sein eigener Correspondent. In Bezug auf seine Reizbarkeit, die ihm so oft von seinen hübschen Freundinnen vorgeworfen wurde und die er selbst eben so genau kannte als tief beklagte, schrieb er eines Tages an Therese: „Wir pflegen nur zu leicht so lange uns durch Kleinigkeiten höchlich beleidigt zu fühlen, bis wir durch irgend ein großes Unglück einsehen lernen, wie sehr wir zum Leiden geboren sind, — und was m i ch betrifft, so werden Sie eine Seele nicht im Verdacht des Grolles haben, die Nichts als Gram empfinden kann.“ —

Es war schon in der Zeit seiner Liebe zu der sanfteren und geduldigeren Martha, als Lady

Montagu in sein Leben trat. Ihre Erscheinung, ihr Geist, ihr Ruhm berauschten ihn eine Zeit lang. In dem stillen Hause der beiden Schwestern wurde damals manche Thräne geweint. Eitelkeit zog ihn zu der gefeierten Frau, Eitelkeit nahm seine Huldigung an. Er vernachlässigte seine Freundinnen. Eine Zeit lang glaubte sich Pope wirklich geliebt von der kaltherzigen Coquette, er erschien nicht mehr bei den Schwestern, es däuchte ihm lohnender, sich von der geistvollsten Frau im Triumphe herumführen zu lassen, als „am Schemel zweier einfältigen Mädchen angekettet zu sitzen“, wie er selbst seinen Freunden gegenüber äußerte. Aber er kehrte zurück in jenes Asyl und man nahm ihn auf, als ob er es nie verlassen. Er flüchtete sich mit all den tausend Wunden, die ihm die Hand seiner berühmten Freundin schlug, immer wieder in das kleine Stübchen in Berkeley Square. Alles erzählte er den beiden Schwestern und sie verstanden es, ihn wieder aufzurichten, ihn zu trösten. Sie redeten ihm kluger Weise nicht zu, sich von der stolzen Schönen loszureißen, die ihn so unbarmherzig behandelte, aber sie waren immer da mit Worten und Blicken, ihn vergessen zu lassen, was er gelitten durch sie. Sein Platz an dem kleinen Tische war nie von einem Andern besetzt, die anmuthige Ruhe dieser Häuslichkeit nie gestört, man kannte die Wärmegrade, die ihm zu seinem äußern wie innern Leben nöthig waren, und der Tages-Thermometer stand eben immer genau auf diesen Graden, es war nie zu viel, nie zu wenig Wärme da für ihn. Daneben sorgte man für seine Lieblingsgerichte und hielt seine Toilette in Stand, und alles das so ohne Aufhebens, so ganz wie man es etwa im Vaterhause für ihn gethan haben würde, daß ihm oft zu Muthe war, wenn er den beiden Schwestern gegenübersaß, als ob er nichts mehr zu wünschen auf dieser unvollkommenen Welt.

Das Bild seiner Peinigerin hatte er seinen Freundinnen wirklich geschenkt. „Wenn ich es bei Euch sehe, erweckt es sanftere Empfindungen in mir", hatte er damals gesagt. So hing es denn in dem Wohnzimmer, aber geschickter Weise an einer Stelle, die die Augen des Dichters selten oder nie aufsuchten, und da hatte denn die etwas boshafte und zugleich heitere Therese es nicht lassen können, das Portrait von Sir Godefroy's Künstlerhand verkehrt aufzuhängen. „Ich wette, unser Freund sieht es nicht", versicherte sie der weniger muthwilligen Schwester, die den Dichter zu kränken fürchtete durch solchen Beweis der Nichtachtung der berühmtesten Frau Londons. Und wirklich, es fiel ihm nie ein, Abends in jenen dunkeln Winkel zu leuchten, in dem das Portrait hing. Da er am Tage das Haus in Berkeley Square nicht zu besuchen pflegte, so war kein Grund da, dem Bilde eine andere Stellung zu geben. Es hing also noch genau so, als Lady Mary an jenem Morgen, der meldenden, über den seltsamen Besuch etwas außer Fassung gebrachten, Dienerin auf dem Fuße folgend, in das Wohnzimmer der beiden Schwestern trat. Ihr erster Blick fiel auf das Portrait. Die Röthe des Zorns stieg in ihr Gesicht, ihre Züge verzerrten sich bis zur Unkenntlichkeit. Solches konnte ihr widerfahren! Solchen Frevel erlaubte man sich mit einem Portrait der Lady Worthley! Aber sie bezwang sich noch, um einen zweiten Blick auf die beiden Frauengestalten zu werfen, die sprachlos vor Staunen sie anstarrten. Die Schwestern trugen noch ein einfaches Morgengewand. Das dunkle Haar Theresens bedeckte eine zierliche Haube, die ihr frisches lebhaftes Gesicht viel anmuthiger erscheinen ließ, als jene moderne Stutzperrücke, die sie in voller Toilette zu tragen pflegte. Martha's blonde Locken hingen zwanglos auf ihre Schultern und rahmten feine liebliche Züge in vortheilhaftester Weise ein. Sie war die kleinere und offenbar die zaghaftere von Beiden, denn als sie sich jetzt erhob, um, wie ihre schnell gefaßte Schwester, dem Gaste entgegen zu gehen, zitterte sie, so daß sie sich auf den Arm Theresens stützen mußte.

„Wie kommt dies Bild hierher?“ fragte die

Lady, über ihre Schulter hinüber einen verächtlichen Blick auf die beiden Mädchen werfend.

„Es ist ein Geschenk Pope's", antwortete Therese ziemlich unbefangen und schlug die Augen nicht nieder vor den Blicken der Dame.

„Nehmt es von der Wand, es gehört mir", fuhr Lady Mary mit bebender Stimme fort.

„Ich bitte um Verzeihung, es gehört meiner Schwester Martha", sagte Therese. „Ich habe nicht das Recht, es auch nur anzurühren."

„Gieb es ihr!" flüsterte die furchtsame Martha todtenbleich.

„Wo denkst Du hin? Unser Freund müßte dazu doch vor allen Dingen die Erlaubniß geben, denn er war es, der Dir das Portrait schenkte. Soll es das Portrait von Mylady sein?" setzte sie ziemlich boshaft hinzu.

Lady Montagu antwortete nicht. Sie riß eine Scheere von dem Arbeitstisch der Schwestern, stürzte auf das Bild zu und schneller als Worte sagen, war das Meisterwerk Knellers in tausend

Stücke zerfetzt und zerrissen. „So, die bemalten Lumpen mögen in diesem Zimmer bleiben, aber nimmer ein Portrait der Lady Worthley“, rief sie. „Und Eurem Freunde mögt Ihr sagen, daß ich meine Freundschaft zu ihm für ewig so zerrissen und zerschnitten wie diese Leinwand hier, und daß ein Mann, der hier seine Heimath fand“, sie sprach diese Worte mit dem Ausdruck kältester Verachtung, „nie wieder die Schwelle der Wohnung einer Worthley betreten dürfe.“

Damit wandte sie sich, um zu gehen. Aber es war ihr noch eine neue Demüthigung vorbehalten. Ihr Blick fiel auf einen Korb voll der köstlichsten Pfirsiche. Jede einzelne Frucht war in ein beschriebenes Papier sorgfältig gewickelt. Ihr scharfes Auge erkannte sofort die Handschrift des Ungetreuen. Therese war im Nu an ihrer Seite und den Korb ergreifend, bot sie ihr mit neckischer Grazie die Früchte an. „Der gute Pope schickte sie uns diesen Morgen. Er wickelte sie in die Blätter seiner Manuscript-Uebersetzung der Iliade und bat demüthig, sie zurückzuschicken, da er keine andere Abschrift besitze."

Lady Mary's Gesicht erglühte im dunkelsten Purpur, solche Huldigung hatte der „alberne Tropf", wie sie ihn jetzt in ihrem Herzen nannte, selbst ihr nie zu Füßen gelegt. Und in die Hände dieser Geschöpfe gab er solch kostbare Blätter? Sie rang nach Athem. Mit der Spitze ihres Fußes hätte sie ihn von sich stoßen mögen, den elenden, treulosen Sclaven, wie ein ekles Gewürm, und dieses sein Asyl augenblicks in Brand zu stecken, wäre ihr eine Erleichterung gewesen. Sie stieß statt seiner wenigstens den Korb mit einer solchen Heftigkeit zurück, daß einige Früchte zur Erde fielen. Martha hob sie auf, während die dunkeläugige Quälerin der vornehmen Frau rasch einen Fächer ergriff und in die Hand der Dame legte. „Mylady vergaß ihren eigenen Fächer und der Tag ist schwül. Wir wagen es, Mylady einen andern anzubieten. Es ist kein gewöhnlicher Fächer, wir dürfen ihn Euch wohl reichen. Pope schenkte ihn mir, ein ländliches Gedicht steht darauf, er dichtete es in Twikenham, wie er uns erzählte:

„Come gentle air, th' Eolian sheperd said etc.“

Wirklich — sie las diese Verse, die er nur für sie gedichtet zu haben vorgegeben! Das war zu viel! Mit einem energischen Griff der Hand brach sie den Fächer entzwei, warf ihn zu den Füßen Martha's, stürzte hinaus — und wenige Augenblicke später rollte ihr Wagen davon.

Während all dieser Scenen hatten sich in Twikenham ebenfalls wunderliche Dinge begeben. Kaum war nämlich der Wagen der Lady den Augen ihrer Kinder entschwunden, als Annie die Hand ihres Bruders ergriff und sagte: „Charley, Du mußt mir einen Gefallen thun.“

„Alles, was Du willst, Annie!“

„Du mußt schnell zu dem guten Pope laufen, Du weißt ja, wo er wohnt, und ihm einen Gruß sagen und die Mama sei sehr böse auf ihn. Ich weiß, wenn Du ihm das recht ordentlich sagst, kommt er so lange nicht hierher, bis ihn die Mama rufen läßt, und sie ruft bekanntlich Niemanden, auf den sie noch böse ist. Sie wird schon wieder gut werden. Käme er jetzt, ich glaube, die Mama thäte ihm ein Leids an, noch nie sah ich sie so zornig!"

„Du hast recht, es darf ihm nichts geschehen, ich will gleich hinlaufen. Aber der Weg ist weit, wenn mein Lehrer kommt, so kann ich unmöglich wieder da sein!" versicherte Charley, aber seine schwarzen Augen lachten, diese Aussicht schien ihn nicht sonderlich zu betrüben.

„So gehe ich mit ihm hinauf und nehme Deine Rechenstunde."

„Dann mußt Du aber vorher diese Seite voll Zahlen in Ordnung bringen, die ich abliefern muß, ich hätte mich sonst gleich jetzt an die Arbeit gesetzt, Du weißt, sonst verklagt mich Mstr. Miller beim Papa."

„Gieb her und geh nur“, drängte die Schwester.

Er schob ihr das Blatt hin, drückte sein kleines Barett in die Locken und sprang fort, nicht ohne vorher die Gefährtin seiner Einsamkeit geküßt zu haben. Annie begleitete ihn bis in den Garten. „Charley, noch einen Augenblick“, bat sie, „laß Dir Deinen Kragen ein wenig glätten! Und hier, nimm diese Rose mit, — Du kannst sie ihm auf seinen Schreibtisch legen, — weißt Du, dort, wo er wohnt, hat man keine Rosen. — Und daß ich sie gepflückt, brauchst Du nicht zu sagen — laß sie nur dort.“ —

Es war ein einsames, seltsames Leben, das diese beiden Kinder führten. Ihre berühmte Mutter überließ sie völlig sich selbst, und ihr Vater war ein Mann, mit dem sie gern spielten, den sie liebten, wie einen guten Kameraden, dem zu gehorchen ihnen aber nie in den Sinn gekommen wäre, selbst wenn er derartiges von ihnen verlangt hätte. Eine Autorität in ihm zu sehen, fiel ihnen nicht im Traume ein, und das Wesen des Gesandten gegen seine Kinder war auch allerdings nicht im Stande, die Gefühle des Respekts und der Hochachtung in ihnen zu wecken. Durch das Verhältniß der Eltern zu einander konnten ebenfalls keine Empfindungen der ehrerbietigen Scheu in Bezug auf die Person des Herrn vom Hause in den kindlichen Seelen aufstehen, und so bildete sich denn ein eigenthümlicher Verkehr zwischen Vater und Kindern. Sie nannten ihn am Liebsten wie ihres Gleichen mit dem Vornamen, zogen ihn in ihre tollsten Spiele und glaubten seine Vertheidigung übernehmen zu müssen, wenn bei eben diesen Spielen irgend etwas geschehen war, was man der Lady hinterbracht hatte. Vor der Mutter fürchteten sie sich. Unnahbar, wie eine Königin, erschien sie ihnen, und sie hätten eher eine Bitte um ein neues Kleid, ein neues Spielzeug und dergleichen an den lieben Gott selber gerichtet, als an die Mutter. Von den Bewunderern und Besuchern der geistvollen Frau nahmen die Wenigsten von der Existenz der beiden Kinder Notiz, die ihnen ja nie vorgeführt wurden, sondern nur zufällig einmal im Garten scheu und wild an ihnen vorüber huschten. Nur zwei jener regelmäßigen Besucher des Worthley'schen Hauses zeigten ihnen eine besondere Aufmerksamkeit; der Eine, indem er sie beschenkte, der Andere, indem er ihre kleinen Hände in die seinen legte und bei ihnen blieb, um — ihnen Geschichten zu erzählen. Den Ersteren verabscheuten sie, trotz seiner oft reichen Geschenke, so feinfühlend ist die Kindernatur; den Andern vergötterten sie, es waren Hervey und Pope.

Hervey pflegte seine Gaben mit den piquantesten Neckereien zu würzen, er liebte es nun einmal, den blendenden Funkenregen seines Spottes über Alles zu ergießen, was in seine Nähe kam. Kinder ertragen aber Alles eher als Spott, sie fühlen den Schmerz des verwundenden Angriffs und können sich doch nicht wehren, sie stehen ihm gleichsam mit gebundenen Händen gegenüber. Dazu kam die faunische Häßlichkeit des Angreifers und eine Art von Eifersucht, da sie wohl fühlten, wie sehr Lady

Montagu ihn begünstigte. Die Unschönheit Pope's hatte dagegen das Mitleid der Kinder hervorgerufen, seine sanfte Stimme that ihnen wohl; die Art, wie er mit ihnen redete, entzückte sie, und seit er ihnen die erste Geschichte erzählt, liebten sie ihn. Diese Liebe wuchs mit jedem Zusammensein, einem Zusammensein, das noch obendrein umflossen war von dem Reiz des Geheimnisses, denn Lady Montagu ahnte nicht und durfte auch nicht ahnen, daß ihr Bewunderer einen Theil jener Zeit, die er i h r zu widmen schuldig war, in der Kinderstube oder in irgend einem versteckten Winkel des Gartens zubrachte, um Annie und Charley tolles Zeug von Feenköniginnen und fallenden Sternen zuzutragen. In dem Herzen des jungen einsamen Mädchens nun trieb diese Neigung allmälig eine jener weißen, duftigen Blüthen, die nur dazu bestimmt scheinen, der Schmuck eines Grabes zu werden, — nämlich des Grabes einer Liebe, die, zu zart und ätherisch für die schwüle Atmosphäre dieser Welt, sterben muß. In wie vielen Mädchenherzen schlummert solche reine Liebe, deren Grabhügel weiße Blätter bedecken und die ihrer Auferstehung in einer andern, der Engelwelt, entgegen harrt. Glücklich der, dem sie galt! Sie wird im Himmel dereinst zum Fürsprecher werden für ihn.

Pope selber ahnte den stillen Cultus Annie's keinen Augenblick. Er beachtete das schüchterne Kind sogar weniger, als den schönen Charley. Wie hätte er ihre Neigung auch entdecken können. Konnte er sie belauschen, wie sie Blätter pflückte von dem Baume, unter dem er gesessen, oder das Buch unter ihr Kopfkissen legte, worauf seine Hand geruht, während er ihnen erzählte? Mit glühenden Wangen saß sie einmal an dem Schreibtisch ihrer Mutter, als diese abwesend, immer und immer die Stanzen lesend, die er einmal spielend hingeworfen für Lady Montagu und die begannen:

„In beauty and wit —“

Von den Versen wußte sie nichts, trotz des wiederholten Lesens, nur den Namen Pope hatte sie gesehen und versuchte ihn nachzuschreiben in der Weise, wie er ihn schrieb. Sie betete für ihn jeden Abend, gleich nachdem sie für ihren Vater und Charley gebetet, dann erst betete sie für die Mutter. Unter ihren Reliquien befand sich eine kleine Schuhschnalle von ihm; eine Ausgabe des Lockenraubes, die er ihr geschenkt mit dem Bedeuten, sie „später“ zu lesen, und eine Nußschale, die er einmal im Scherz zwischen seinen Händen zerdrückt. Das Alles waren ihre kleinen Geheimnisse; Charley, dem sie sonst Alles vertraute, erfuhr davon eben so wenig, wie irgend ein Geschöpf der Welt. Am Liebsten hätte sie es ihrem lieben Gott ganz allein vertraut, es störte sie sogar zuweilen, daß all die zahllosen Engel in ihr Herz schauen konnten. Einen harten Kampf hatte sie gekämpft, als sie Charley die Rose für den heimlich Geliebten mitgab. Was hing Alles an ihren Blättern: all die Grüße und Wünsche eines keuschen Mädchenherzens, all die Gedanken einer reinen Seele. Ach! sie hätte selber die Rose sein mögen, um in seiner Nähe, so ganz bei ihm, ihn beglückend, zu duften, zu glühen und — zu sterben.

Charley traf auch wirklich den Dichter in seiner eigentlichen Wohnung und entledigte sich seines Auftrages mit athemloser Hast. Er erzählte dem Erschreckten auch, daß die Mutter nach Berkeley Square gefahren. Pope wurde todtenbleich, er ahnte den Zusammenhang. „Ich danke Dir, Charley, grüße Deine Schwester, ich wäre heut zu Euch gekommen, jetzt bleibe ich, bis man mich ruft, oder bis Lady Worthley mir gestattet, mich zu vertheidigen; aber ich fürchte, wir werden uns nie wiedersehen, mein Knabe.“ —

Als Charley ging, warf er wirklich die Rose ziemlich geschickt auf den Schreibtisch des Dichters. Aber Pope hatte den Kopf voll wirrer Gedanken, die Rose blieb unbeachtet liegen. Er verließ das Haus und kehrte erst am andern Tage zurück. Als er zerstreut mit finsterer Stirn an seinen

Schreibtisch trat, drang ihm Rosenduft entgegen. Die Rose lebte noch. Er nahm sie unwillkürlich auf, aber die Blätter fielen ab bei dieser Berührung und bedeckten das Papier, das er sich zurecht gelegt, um an Lady Montagu zu schreiben. Seine Hand warf die sinkenden Blättchen ungeduldig herab, sein Fuß zertrat sie dann unbewußt. Annie, wie gut, daß Deine sanften Augen es nicht sahen!

Es war ein heftiger Brief, den er schrieb, ein Brief, der die ewige Trennung der Beiden besiegelte und eine Feindschaft hervorrief, die nur mit dem Leben enden sollte.

Pope betrat die Schwelle des Worthleyhouse in Twikenham nicht mehr. Annie, nachherige Gräfin Bute, sah ihren Freund n i e wieder.

Capitel XV.

Die Trauung.

„Uns bleibt, was man auch sinnt und spricht,
Des Weibes Herz ein Labyrinth.“

Der Doctor Pepusch hatte wirklich erlaubt, daß sein Pflegekind täglich zu einer bestimmten Stunde jene kranke Nachbarin besuche, die seine Kleine so gern singen hörte, daß sie stundenlang deshalb am offnen Fenster saß, dem strengen Verbote des Arztes zuwider. Diese Besuche waren allmälig für Lavinia eine Quelle nie gekannter Freuden geworden. Als Trösterin und Glücksspenderin aufzutreten, zu fühlen, daß der Laut ihrer Stimme eine Wohlthat für Ohr und Herz einer Kranken, deren Erscheinung das Mädchen sofort unendlich anzog, war ein Vergnügen, das sie bis zur Stunde noch nicht gekostet. Die Natur des

Weibes empfindet nun einmal die höchste Seligkeit im Geben, nicht im Empfangen. Das ist der echte Goldfaden, der sich durch ihr Dasein und Liebesleben zieht und immer blitzend und funkelnd hervortritt, welche Farbe das Gewebe sonst auch tragen mag. In den unbedeutendsten wie höchsten Momenten, überall giebt das Weib mit der tiefen Sehnsucht zu beglücken, und ihre Seligkeit beruht doch nur in der Seligkeit dessen, den sie eben beschenkt. Lavinia hätte stundenlang, bis zum Schmerz und bis zur Ermüdung, ihrer neuen bleichen Freundin mit halber Stimme jene schottischen und irischen Balladen singen mögen, nur um sie einmal lächeln, um das Aufleuchten jener schönen Augen zu sehen, die so unsagbar traurig blickten. Was konnte ihr sonst diese gebrochene Frau gewähren, von der sie Nichts wußte, als daß sie, hoffnungslos erkrankt, einsam und verlassen lebe. Zwar empfand sie mit dem feinen Ahnungsvermögen der weiblichen Seele, daß die Verlassene ein Leben voll schwerer Prüfung durchlebt; diese Augen hatten viel geweint, dies sanfte zärtliche Herz viel gelitten. Warum wohl? — Lavinia sann und grübelte oft darüber nach. Dem jungen Mädchen gegenüber mühte sich Stella Swift heiter zu sein, sie fragte nach tausend Dingen, die nur der Jugend wichtig scheinen, sie zeigte Lavinia ihren Schatz von kleinen Reliquien aus einer frohen Mädchenzeit, getrocknete Blumen, verblaßte Bänder, Zeichnungen und Verse — das beste Mittel, die keimende Knospe einer Frauenfreundschaft rasch zu entwickeln. Und das Verhältniß Beider nahm auch rascher als in vielen anderen Fällen eine gewisse Innigkeit an, jene Innigkeit, hervorgerufen durch die Hülfsbedürftigkeit auf der einen, und Liebesbedürftigkeit auf der andern Seite. Lavinia wäre vielleicht vor wenigen Wochen noch nicht so empfänglich gewesen für den Reiz des Verkehrs mit der geheimnißvollen Fremden. Nach jenem kleinen Abenteuer in New-Spring-Garden aber und seinen Folgen empfand sie einen leisen Schmerz, eine heimliche Sehnsucht, denen sie nur an einem Orte der Welt ungestört nachhängen zu können meinte, neben dem Sessel der Kranken nämlich, jenen süßen traurigen Augen gegenüber, die da immer und immer sagten: „Ich kenne alles Weh der Erde.“ Von den halbverstandenen Bedrängnissen ihres jungen Herzens aber zu reden vor der Fremden, vermochte sie nicht. Allein es war ihr zuweilen, als hätte die bleiche Frau dieselben längst errathen, wenn die schlanke durchsichtige Hand die ihrige so zärtlich drückte, oder so liebkosend über Haar und Wange glitt.

Lavinia's Zusammentreffen mit dem Herzog, so wie überhaupt ihr Besuch des Zaubergartens, hatte schon am nächsten Morgen den Orgelspieler Magnus veranlaßt, seinem alten Freunde, so wie John Beswik, dem Vater seiner Braut, seine Verlobung zu erklären und auf Beschleunigung der Hochzeit zu dringen. Bei dem Schenkwirth, mit dem er ein sehr langes Gespräch hatte, fand sein Wunsch keinen erheblichen Widerspruch; der brave John schien selber in der Erinnerung an jenen Auftritt in Vauxhall unruhig und ängstlich und sah plötzlich in dem Schutze des berühmten Künstlers die einzige Sicherheit seines schönen, reich begabten Kindes gegen eine „arge Welt“, die nur zu gern bereit war, einem reizenden Weibe Schlingen aller Art zu legen. Er wurde nach jener ernsten Unterredung ein eifriger Verbündeter der Frau Margareth, deren heißes Verlangen, Lavinia baldmöglichst als Frau eines braven Mannes zu sehen, so unerwartet schnell erfüllt werden sollte. Die drei Verschworenen setzten denn auch an diesem Morgen ohne Weiteres den Hochzeitstag auf den siebzehnten Juli fest, also in kaum einem Monat. Anders nahm jedoch der alte Musiker die Erklärung seines Freundes auf. Anfangs lachte er ihm heiter ins Gesicht, als Magnus von seiner Verlobung mit Lavinia sprach; er hielt das Ganze für einen jener Scherze, wie sie der Orgelspieler zuweilen liebte, gar bald aber sah er sich genöthigt, an den Ernst der Sache zu glauben, und nun kannte seine Verwunderung keine Grenzen. — Halb unwillig, halb spöttisch versuchte er seinem Freunde das Unpassende und Gefährliche solcher Verbindung: — Schnee und Rosen — vor Augen zu führen, vergebens. Bis zur Ermattung erschöpfte er sich in Ermahnungen und Warnungen. Er schonte den Freund in keiner Weise, er schnitt wie mit einem scharfen Messer in die wunde Stelle seines Herzens hinein, er ward sogar heftig und zornig, Alles umsonst. Magnus blieb bei seinem Lakonischen: „Ich liebe die Kleine, sie hat Respect vor mir, wir sind Beide Musikanten und werden also zusammen, denke ich, weder aus dem Takt noch aus der Tonart kommen. Das Uebrige sei meine Sorge!“ Die wiederholten erfolglosen Gespräche über diesen Gegenstand endigten schließlich mit einer Art Zerwürfniß der beiden langjährigen Freunde. Man kam nicht mehr, wie sonst, unter vier Augen zusammen, man behandelte sich, wo man sich traf, kühl und steif und mied sich, so viel man konnte. Frau Margareth weinte die ersten bitteren Thränen in ihrer Ehe bei den Vorwürfen, die ihr der alte Musiker allen Ernstes machte, das „arme junge Ding“, die freie Nachtigall in den dunkelsten, häßlichsten Käfig einsperren geholfen zu haben, den je ein fröhlicher Vogel bewohnt. „Meinen Segen hat sie nur in einem Falle, wenn sie ihm nämlich vor oder nach der Einsperrung entwischt“, sagte er sogar einmal. „Es ist eine ewige Sünde, daß sie in der Gefangenschaft singen soll, und fast reut's mich, daß ich mir so viel Mühe mit ihrer süßen Stimme gegeben. Ich wette, der Händel schlägt das Spinett entzwei, wenn er hört, was ich jetzt weiß!“

„Er soll's auch nicht hören, er braucht's auch nicht zu hören, Niemand soll weiter darum wissen bis nach der Hochzeit“, schluchzte Frau Margareth. „Ihr Männer seid und bleibt ein selbstsüchtiges Gesindel. Statt Euch zu freuen, wenn ein armes Vöglein durch solchen Käfig den Klauen der Raubvögel entgeht, überliefert Ihr es dem grausamsten Verderben, nur weil es Euch besser gefällt, es frei herumflattern zu sehen. Und Ihr werdet Euch doch noch Alle glücklich preisen und mir danken, daß das Kind so sicher aufgehoben, der Tag wird kommen, ich will ihn geduldig erwarten. Magnus hat ja Nichts dawider, daß sie Sängerin werde, nur will er, daß sie als eine ehrbare, geschützte Frau auftrete, damit sich Keiner der frechen Wüstlinge an sie heranwage!"

„Als ob je eine unreine Hand die Pflegetochter des alten Pepusch hätte berühren dürfen", fuhr der alte Musikant auf. „Als ob die junge Frau eines alten Narren nicht tausendmal eher den Verführungen ausgesetzt sei, als mein Kind, unsere Lavinia, die sich selbst behüten würde, ich wette es!"

O Himmel, wie viel wurde noch hin und wider geredet über diesen einen Punkt und dennoch stets ohne ein befriedigendes Resultat. Keines der beiden Ehegatten ließ sich vom andern überzeugen, keines wich ein Haarbreit von seiner Meinung ab. Das Einzige, was Frau Margareth von ihrem Mann nach tausend Kämpfen erlangte, war das murrend gegebene Versprechen, der „Kleinen" wenigstens nicht mehr geradezu abzurathen. Als er sie aber zum ersten Mal als Braut begrüßte, nahm er sie in seine Arme und murmelte: „Ich wünsche Dir Glück, Du kannst es brauchen, armes Ding! Jeder Mensch kann's nämlich brauchen", setzte er hastig hinzu, als er dem vorwurfsvollen Blick seiner Frau begegnete, aber ein paar heiße Thränen fielen aus den ehrlichsten Augen der Welt auf die Stirn des jungen Mädchens, das, verwundert über diese ungewohnte Weichheit, zu ihrem väterlichen Freunde aufsah.

Lavinia nahm übrigens die Nachricht ihrer baldigen Verheirathung mit einer Resignation auf, die ihre Pflegemutter heimlich doch zuweilen beunruhigte. Nach ihrer Meinung hätte sie sich entweder sträuben oder kindisch freuen sollen. Es geschah weder das Eine noch das Andere. Sie war nur sehr blaß geworden, als sie erfuhr, daß in wenigen Wochen ihre Hochzeit gefeiert werden solle, und sich dann vom Bräutigam ruhig auf die Wangen küssen lassen. Es war etwas Fremdes, Wehmüthiges in ihrem Blick, das ihrer Pflegemutter ins Herz schnitt. „Was möchtest Du wohl für ein Kleid tragen, Liebste?“ hatte sie „die Kleine“ zärtlich gefragt. „Was Du mir für eins hinlegst“, lautete die Antwort.

Das war wirklich ein schlimmes Zeichen, diese Erwiderung, und Frau Margareth hütete sich wohl, es dem Vater Beswik oder ihrem Mann mitzutheilen. Gleichgültigkeit gegen den Anzug am Hochzeitstag!! Kann es etwas Widernatürlicheres geben? Wer doch der „Kleinen“ hätte einmal ordentlich ins Herz schauen dürfen?! Wer weiß, ob sie sich dann nicht völlig beruhigt haben würde, die gute Frau!

Lavinia war nicht etwa gleichgültig gegen diese in den Augen ihrer Pflegemutter so wichtigen Dinge, weil sie sich unglücklich fühlte im Gedanken an diese Heirath, sie war es einzig in dem Bewußtsein, daß eben Niemand da war, dem sie zu gefallen wünschte, indem sie sich schmückte. Hätte man es ihr überlassen, sie wäre im Alltagskleide vor den Altar getreten. Vor dem Schritt selber ängstigte sie sich nicht. Es kamen Stunden, wo das junge Mädchen sich sogar gewissermaßen nach einem anderen Leben sehnte, durch das sie mit der letzten aufregenden Vergangenheit gleichsam abschloß. „Als Frau darf ich nicht mehr an ihn denken, das wäre doppelte Sünde gegen sein Weib und meinen Mann“, sagte sie sich. „Erst wenn er unwiederbringlich für mich verloren, werde ich den vergessen, den ich ja doch vergessen muß. Und je früher das geschehen wird, desto besser ist's für mich. Bis dahin aber — will ich noch so viel an ihn denken, als man eben denken kann.“ — Und das Bild des Grafen Königsmark werde ich nach der Hochzeit meinem Manne zurückgeben, und ihn bitten, daß er es verbrenne, und wenn ich ihm dann einmal begegne — jenem Einen — o, ihr heiligen Engel, verhütet es — nun, so wird es sein, als ob ein Abgrund zwischen uns läge.“ — Daß Magnus sie wiederholt gebeten, weder Elisabeth, noch irgend einem Andern auch jetzt von ihrer Verlobung und Hochzeit eher zu reden, als bis Alles vorüber, stimmte mit ihren eigenen Empfindungen; eine seltsame Beklommenheit erfaßte sie bei dem Gedanken an ein Gespräch mit ihren Freunden, in Bezug auf diesen Punkt. „Wenn wir von unserer Reise zurück kommen, dann wissen sie es Alle", hatte der Orgelspieler gesagt, „und so ist's am Bequemsten." Ja, so war's am Besten! Wenn sie an diese Reise dachte, durchströmte sie ein Gefühl leidenschaftlicher Freude. Sie sollte das geliebte Bild sehen, aber es war in ihren Gedanken schon nicht mehr das Bild, es war, als solle sie zu ihm eilen, als werde er selber erscheinen, so strahlend, so schön, wie er ihr an jenem unvergeßlichen Abend erschien; als solle er sie so tief und leuchtend anblicken wie damals, warm, athmend, lebend. Der Eindruck, den die lebende Gestalt auf sie gemacht, hatte den Cultus der gemalten aufgehoben. Sie zog zwar noch eben so oft als sonst ihr kleines Medaillon hervor und versenkte sich in den Anblick jener Züge, die einen so seltsamen Zauber auf ihre Phantasie ausgeübt, aber doch nur, um immer und immer wieder zu dem Schlußgedanken zu kommen, „wie tausendmal schöner ist er, den ich wirklich und wahrhaftig vor mir sah!“

Zuweilen fühlte sich das junge Mädchen versucht, das Bildchen ihrer kranken neuen Freundin zu zeigen, so groß war das Vertrauen und die Zärtlichkeit, die sie für sie empfand, die kleine Hand hatte sogar schon zitternd die Schnur umfaßt und doch blieb das Medaillon in seinem Versteck. Hätte sie nicht, wenn sie es enthüllt, die Geschichte dieses Bildes erzählen müssen, von ihrem ersten Anfang bis zu jener Nacht im New-Spring-Garden? Konnte sie das? — Ach, die erste Liebe ist so verschwiegen, wie das Grab, so still wie die Klosterzelle, so scheu wie das Reh des Waldes. Bäume, Blumen, Quellen, selbst ihnen vertrauen wir unser süßestes heiligstes Geheimniß nur zögernd an; die Blätter können es ja weiter rauschen, die Blumen plaudern es bekanntlich gar leicht den Schmetterlingen aus, und wie geschwätzig die Wellen sind, weiß man. Nur der Himmel darf's wissen, aber auch nur der Nachthimmel, die neugierige Sonne nicht, nur der sanfte Mond und die mitleidigen Sterne. Ihnen enthüllen wir unsere Freuden und Qualen, sie dürfen zusehen, wenn wir die Locke des geliebtesten Haars an unsere Lippen drücken, wenn wir welke Blumen mit unseren Küssen beleben möchten, daß sie wieder blühen wie damals, als eine theure Hand sie für uns pflückte; vor ihnen allein verbergen wir unsere Thränen nicht, sie hören unsere Seufzer und leisen Liebesworte, die alle ihm gelten, der vielleicht in weiter Ferne eben an Alles eher denkt als — an uns.

„Ich finde meine Freundin seit einiger Zeit heiterer", sagte der Herzog von Belton eines Abends, als er zur gewohnten Stunde seinen Schemel neben den Sessel der Kranken zog. „Ist es die Sommerluft, die dies Wunder wirkt?"

Stella Swift lächelte. „Nein, die Luft that

es nicht, wohl aber ein kleiner Singvogel, der mir täglich ins Haus flattert. Ich erzählte Euch ja früher schon von der Schülerin eines alten deutschen Musikers in meiner Nähe, deren Stimme so beruhigend wirkt. Nun, mein guter Doctor hat ihr die Erlaubniß verschafft, jeden Morgen mir etwas vorzusingen. Die Kleine ist das reizendste Geschöpf, das ich je sah. Ich denke, sie wird eine Sängerin werden, die ganz London von sich reden machen muß."

„Wie heißt sie?"

„Ich nenne sie, wie der Doctor, nur „die Kleine". Nach ihrem wirklichen Namen fragte ich noch nie. Wenn Ihr sie doch hören könntet!"

„Und wer hindert mich, meine theure Freundin am Morgen einmal zu besuchen, wenn die kleine Nachtigall eben schlägt."

„Nichts als: meine Bitte. Der Doctor hat mir nämlich im Namen ihrer Pflegemutter das Versprechen abgenommen, keinen Mann in die Nähe des Kindes zu bringen. Ob sie dabei an

Euch besonders gedacht", setzte sie lächelnd hinzu, „weiß ich freilich nicht. Aber dennoch muß ich Euch in Folge dessen bitten, kommt nicht! Dies Zimmer würde Euch verschlossen sein in den Morgenstunden."

„Beunruhigt Euch nicht, Theuerste, ich kann warten, bis „die Kleine" groß geworden", scherzte der Herzog. „Wenn sie Sängerin wird, kann sie nur noch kurze Zeit bei verschlossenen Thüren singen und wird nicht so grausam sein gegen ihre Bewunderer, als Ihr es jetzt in ihrem Namen seid; warten wir also." —

Der siebzehnte Juli war gekommen. In einem weißen Kleide, geschmückt mit Orangenblüthen, stand Lavinia im Wohnzimmer und ließ sich, halb betäubt, halb zerstreut, bald von dem Vater in die Arme ziehen, bald von ihrer Pflegemutter unter Thränen liebkosen. Der alte Pepusch war nicht zu bewegen gewesen, an der Hochzeitsfeier Theil zu nehmen. Er war unter dem Vorwande drin-gender Geschäfte schon am frühen Morgen ausgegangen, hatte vorher die Kleine nur heftig bewegt in die Arme geschlossen, aber ohne ein Wort zu sprechen. Magnus hatte sich noch nicht gezeigt, er erwartete seine Braut in der Sakristei der Kirche zu St. Giles. Es war eine ungewöhnlich frühe Stunde zur Trauung angesetzt, weil man noch eine andere Hochzeit für die spätere Zeit angemeldet aus der vornehmen Welt, und die Kirche noch besonders geschmückt werden sollte für die hohe Braut. Da wünschte man denn jene „Andern" möglichst bald abzufertigen, denn viel zu thun gab es noch, um würdig die Kirche herzurichten für die Verheirathung der Hofdame der Prinzessin von Wales, der schönen Mary Lepel, mit dem jungen Lord Hervey. Die Braut hatte nämlich den Wunsch ausgesprochen, nicht in der Hofkapelle, sondern in aller Stille mit dem Manne ihrer Wahl verbunden zu werden, und auch diesen Wunsch, wie jeden andern, den ihre reizenden Lippen ausgesprochen, hatte man sich beeilt, zu erfüllen.

„Willst Du diese kleine schwarze Schnur bei

der Trauung tragen, Lavinia?“ fragte Frau Margareth beim Ankleiden, „ich finde, sie steht nicht sonderlich zu Deinem weißen Anzuge.“ Eine heiße Röthe stieg in die Wangen des jungen Mädchens. Der heimlich gefürchtete Tag war da. Der erste Schritt sollte geschehen: sie mußte sich von dem Bilde trennen.

Es sind oft die winzigsten Kleinigkeiten, es ist oft der geringste äußere Anstoß, die auf unsere Entschlüsse wirken und unserem Leben eine andere Richtung geben. Lavinia's Hand griff zitternd nach der kleinen Schnur. Eine unendliche Angst durchrieselte sie. Es war, als wolle man ihr das Kostbarste rauben und sie dann arm und verlassen in eine Wüste stoßen; eine eisige Kälte schlich durch alle ihre Glieder. Das geliebte Bild wollte man ihr entreißen! Das durfte nimmer geschehen! Sie fühlte, daß sie es nicht lassen konnte. Nur jetzt, nur so lange die Trauung währte, wollte sie's versuchen, sich davon zu trennen. „Ich will noch Abschied nehmen von der fremden Dame drüben", sagte sie plötzlich, „sie weiß ja noch nicht, daß ich jetzt seltner zu ihr kommen kann, und sie ist krank!" — Frau Margareth fand es freilich seltsam und unpassend, im Brautanzug über die Straße zu laufen, da aber John Beswik den bittenden Augen seines Kindes nachgab und für die Kleine ein Wort einlegte, warf sie ihr seufzend einen Shawl um die Schultern und ließ das junge Mädchen hinüber schlüpfen. Athemlos und todtenblaß trat Lavinia in das Zimmer ihrer Freundin. Stella starrte sie erstaunt, fast erschreckt an. „Wo wollt Ihr hin, Kleine?"

„In die Kirche, zur Trauung, ich durfte es vorher Niemand sagen", stammelte sie, „ich heirathe den Orgelspieler Magnus. Er wird gut zu mir sein und ich hab ihn fast so lieb wie meinen Vater. Und hier ist ein Medaillon, ich darf's nicht tragen vor dem Altar, aber ich hole es mir wieder. Wann? kann ich Euch noch nicht sagen! O, bitte, verwahrt es mir wohl, es ist mein Höchstes hier auf Erden! Ihr werdet mich dann eine Zeit lang nicht sehen, wir reisen weit fort, aber ich komme wieder, lebend oder todt und hole mir dieses Kleinod von Euch! Nicht wahr, Ihr werdet es hüten wie Euren Augapfel?!" — Sie hatte in fliegender Hast geredet, und schloß nun die fiebernde Hand Stella's in ihre zitternden Hände.

„Kind, Kind, Ihr wißt nicht, was Ihr thut!" rief die Kranke entsetzt", das Mädchen mit beiden Armen umschlingend. „Ihr wollt Frau werden mit dem Bilde eines Andern im Herzen?! Wißt Ihr denn, was für Elend die Liebe bringt?! Ihr könnt ja nimmer den vergessen, den Ihr liebt, und wenn Ihr auch wolltet! Ihr werdet leben und zu Grunde gehen, aber Ihr vergeßt ihn nicht! das sage ich Euch, ich, die auch nimmer vergessen kann! Ihr dürft nicht Frau werden! Jeder Tag eine schwere Sünde gegen einen Andern!"

„Es ist ja nur ein Bild!" hauchte Lavinia fassungslos und ließ das Medaillon auf den Schooß der Kranken fallen.

Stella warf einen Blick darauf. Einen Augenblick stutzte sie und fragte: „Wie heißt der Mann, den das Bild vorstellt?“

„Graf Königsmark, ein Schwede, man hat ihn vor vielen, vielen Jahren schon in Deutschland ermordet.“

Ehe Stella weiter zu reden vermochte, kam eine Magd und rief die „Kleine“ eiligst nach Hause. Die beiden Frauen wechselten kein Wort mehr. Sie umfaßten sich aber plötzlich mit leidenschaftlicher Heftigkeit und als Lavinia sich losriß, waren ihre Wangen feucht von Thränen. Ob von eignen oder fremden, sie wußte es nicht. Wie im Traum kehrte sie heim. Vor dem Hause stand schon der Wagen, der sie zur Kirche führen sollte. Sie stieg ein, schweigend und seltsam erregt; bald lag die St. Giles-Kirche vor ihr. Nach der Trauung war es bestimmt, daß Lavinia zu Jamie und Elisabeth fahren solle, „ich muß es ihnen selber sagen und ich will mit eigenen Augen sehen, ob Jamie noch immer nicht gesund werden wird, eher gehe ich nicht fort von hier", hatte sie erklärt. Da war nachher nicht mehr viel Zeit zu verlieren, denn Magnus hatte für die Abreise die sechste Abendstunde festgesetzt. Am Portal der Kirche stürzte das eine der Pferde, als eben die junge Braut aussteigen wollte. In der Verwirrung über diesen Unfall trat Niemand heran, dem jungen Mädchen die Hand zu reichen. So stand sie wartend, ein wenig zaghaft, die Spitze des rechten kleinen Fußes auf dem Wagentritt. Da löste sich eine vornehme Männergestalt aus der Menge, die den Wagen umdrängte, und streckte hastig die Hand aus, ihr auf den Boden zu helfen. Unwillkürlich hob sie die Augen, um ihn anzusehen: es war der Herzog von Belton. Arme Lavinia! Auch er zuckte zusammen. „Lavinia Fenton, was wollt Ihr hier!?" Sie antwortete nicht, sie hielt aber seine Hand fest und stand neben ihm auf dem Boden. Wie in einem Nebel sah sie die Gestalt ihres Vaters und ihrer Pflegemutter, in der Thür der Kirche erschien jetzt auch

Magnus in reich gesticktem Kleide, wunderlich anzusehen. „Ist das Euer Bräutigam?“ hörte sie eine Stimme wie aus weiter Ferne fragen. Es war ihr, als müsse sie laut aufschreiend ein „Nein“ rufen, aber kein Ton kam über ihre zusammengepreßten Lippen, mechanisch bewegten sich nur ihre Füße vorwärts. Jene Hand löste sich — eine andere hatte jetzt die ihrige umschlossen: John Beswik führte sein Kind in die Kirche. Die Kerzen des Altars brannten, die heiligen Hallen, in denen sie oft schauernd vor Entzücken dem Spiele ihres blinden Freundes und seines Lehrers gelauscht, erschienen ihr fremd und kalt. Da stand das Cruzifix, dort erhob sich jene furchtbare Gestalt mit der Sense, es war, als ob sie sich recke und strecke und Miene mache, sich ihr zu nähern. „Nein, nein, ich will noch nicht sterben“, murmelte sie. Das Antlitz ihres Verlobten entsetzte sie. Sein zärtlicher Blick ließ sie erbeben. Sie fühlte sich mit seligem Schmerz, mit qualvollem Entzücken noch immer unter dem unlösbaren Bann jener Augen, die sich vor wenigen Minuten wie Sternenlicht in ihre Seele gesenkt. Welche Wandlung ging plötzlich in dieser Seele vor? — Ein verzweifelter, aber kurzer Kampf entstand in dem jungen Herzen. Sie athmete tief auf, wendete sich zu ihrem Vater und sagte leise: „Nimm mich zu Dir, führe mich fort von hier, ich kann ihn nicht heirathen, ich sterbe, wenn Ihr mich dazu zwingt!“ — Ihr Aussehen war geisterhaft, ihr Gesicht verändert, ihr Athem flog, ihr Körper bebte. John Beswik schloß sein Lieblingskind mit einem Ausruf des Schreckens in die Arme. Frau Margareth, obgleich sie nur die Hälfte der Worte des Mädchens verstanden, brach in leidenschaftliche Klagen und Vorwürfe aus. Magnus aber ergriff mit einer Mischung von Zorn und Mitleid die Hand seiner Braut. „Besinne Dich, Mädchen!“ sagte er ernst. Lavinia entriß sie ihm. „Berührt mich nicht!“ rief sie mit zusammengezogener Stirn und drohendem Blick. „Das Kind ist krank, Ihr seht es, fügt Euch also und seid geduldig“, bat Frau Margareth, angstvoll zu Magnus gewandt. „Aus der Trauung kann heute nichts werden, sie wird sich aber bald erholen und dann tief beklagen, daß sie Euch so viel Kummer gemacht und sich doppelt mühen, Euch eine getreue Hausfrau zu sein. Nur Geduld, werthester Freund!“ Viele hastige und verworrene Reden fielen noch hin und wider. Neugierige drängten sich lauschend herzu. Viel Seltsames flüsterte man sich in die Ohren in jener Stunde in der Kirche von St. Giles, aber am Ende hob man doch die junge Braut wieder in den Wagen, und der Organist Magnus, verwirrt und betäubt, kehrte in sein einsames Haus zurück.

Der gelehrte Doktor Pepusch saß an seinem Arbeitstisch, aber er arbeitete nicht, wie gewöhnlich um diese Stunde. In tiefe Gedanken versunken, hatte er sich gegen das Fenster gewendet und trommelte mit den Fingern an die Scheiben. Eine Wolke lag auf dem sonst so heitern Gesicht. Das Kind, das Kind! Wie sollte er ohne Lavinia leben? Wie kam es nur, daß die Kleine ihm so ans Herz hatte wachsen können! Sonst hatte er doch ohne Wunsch mit seinen beiden Frauen, der Musik und Frau Margareth, gelebt! Wie langweilig erschien ihm jetzt urplötzlich seine Arbeitsstube, wie dunkel und todt sogar das hübsche, helle Zimmer drüben, wo die Harfe stand. Die Stimme, die goldene Stimme sollte er jetzt nicht mehr täglich hören! Das schöne rosige Gesicht nicht mehr jeden Morgen sehen, die zarte Wange, die warme, rasch pulsirende Hand nicht mehr fühlen! Alles, Alles gehörte jetzt dem alten Narren, seinem einstigen Freunde, dem Orgelspieler Magnus, Organisten zu St. Giles. War es denn wirklich möglich? Was würde Händel dazu sagen? Was der junge Paradisi und seine ehrgeizige Freundin? Und Jamie's Herz? Würde es nicht darüber brechen? Wer hätte dem alten Brummbär solche wahnwitzige Einfälle zugetraut? Pepusch wahrlich nicht, sonst würde er Lavinia ihm sicher nie vor Augen gebracht haben! Da hörte er Schritte auf der Treppe, sie näherten sich seiner Thür, er unterschied deutlich den hastigen leichten Tritt der hübschesten Füße in Old England. O mein Gott, war es schon vorüber?! Unwiderruflich?" Unwillkürlich erhob er sich. Die Thür flog auf, es war wirklich die Kleine. Blaß und verwirrt stürzte sie auf ihn zu, umschlang ihn mit beiden Armen und rief: „Papa Pepusch, schützt mich, ich kann ihn nicht heirathen! Nie, nie in meinem Leben. Keinen einzigen Mann! Ich hasse sie alle! Laßt mich bei Euch bleiben, ich will auch noch einmal so viel Solfeggien singen, wie sonst, aber ich ermorde ihn und mich selber, wenn Ihr mich zwingt, seine Frau zu werden!" — Er sah sie an. Verzweifelt sah sie aus und doch wieder wie eine Gerettete! Aber sie zitterte am ganzen Körper, er mußte sie in den nächsten Sessel tragen. „Der heiligen Cäcilie sei Dank, Kleine! Du bist vernünftiger, als wir Alle, laß Dich küssen!" sagte er mit unsicherer Stimme. „Und von jetzt an gehörst Du mir, und wehe dem, der mit Heirathsgedanken Dir zu nahe kommt, ehe Du Dein erstes Debut gemacht. Dann mögen sie kommen, die Musiker und Nichtmusiker, die Baronets, Herzöge und Prinzen, und wir suchen uns nach Gefallen Einen aus, Herzenskind, aber älter als dreißig Jahre darf er nicht sein. Oder noch besser, wir heirathen niemals, wir leben nur der Kunst. Sei nur ruhig, Liebling. Zittere nicht so, meine Taube, Du bist in Sicherheit! Sieh, da ist auch Frau Margareth und Dein Vater! Scheltet mir die Kleine nicht, sie hat gehandelt, wie sie mußte. Ich bin mit ihr einverstanden. Hätte es grade so gemacht. Niemand redet mehr ein Wort von ihm zu dem Kinde. Verstanden?!" — Er ließ nun erst das junge Mädchen aus seinen Armen. Frau Margareth verließ schweigend und händeringend das Zimmer, zum ersten Male in ihrer langjährigen Ehe die Thür nicht mit der gewohnten Sanftheit hinter sich schließend. John Beswik schritt etwas verlegen, angstvolle Blicke auf sein Kind werfend, auf und ab. „Warum hast Du nicht früher mit uns geredet, Lavinia", sagte er, unruhig die Hände reibend. „Welch ein ärgerliches Aufsehen!"

„Still, still, mein wackerer Freund, auch Ihr dürft Eurer Tochter keine Sylbe des Tadels sagen. Dankt vielmehr Gott, daß Ihr sie wieder habt!"

„Sie sah sehr krank aus in der Kirche", nahm der Zurechtgewiesene das Wort, „und jetzt hat sie plötzlich wieder Augen, wie ein Vogel im Walde, trotz aller Blässe." Und der brave Schenkwirth streichelte trotz seiner Sorge mit zärtlichem Stolz das Haar seines Lieblings.

„Ich bin auch wieder gesund und will nur rasch das unbequeme Kleid ausziehen und einen Sprung zur Frau Nachbarin thun, dann ist's doch grade noch Zeit zur Singstunde bei Händel. O, ich möchte heut den ganzen Tag Solfeggien singen!" rief Lavinia, tief aufathmend, und der Schein eines Lächelns flog über ihr Gesicht.

„Hast auch Ursache", lachte der alte Musiker. „Aber ich dächte, Du gingst vor allen Dingen hinüber zu meiner Frau und versuchtest, sie wieder gut zu schmeicheln. Sei nicht undankbar, sie war Dir eine treue Mutter! Uns Männer hast Du immer auf Deiner Seite, kleine Hexe, aber den Frauen wirst Du noch zu schaffen machen! Deine Pflegemutter wird nicht die Letzte sein, die mit Dir zürnt! Geh nur!"

„Ich dachte es mir, sie ist eine Künstlernatur durch und durch", sagte Pepusch, als das Mädchen das Zimmer verlassen, „sie wird sich nie um einen Mann kümmern! Die Musik wird ihr Alles sein. Sie wird ihr nie untreu werden. Jedem Manne würde sie so davon laufen. Ich kenne das. — Ich habe das Kind erzogen. Und nun gebt Acht — wir machen aus ihr die größte Sängerin der Welt, und ich stecke den in eine Orgelpfeife, der ihr noch einmal eine Heirath vorschlägt."

Die andere „vornehme" Trauung an diesem Tage war dagegen ohne jede Unterbrechung vor sich gegangen. Blumen waren in Massen verstreut worden und eine glänzendere Versammlung hatte die schlichte Kirche wohl noch nie gesehen. Es blitzte, flimmerte und rauschte von edelen Steinen und schweren golddurchwirkten Stoffen. Das weiße flittergestickte Atlaskleid der schönen Braut sah aus, wie mit schweren Thränentropfen besät, so leuchteten die Brillanten. Noch an demselben Tage wollte Lord Hervey mit seiner jungen Frau eine Reise nach dem Festlande antreten. Das sagten auch die Diener in Lady Lepels Hause jenem jungen Manne mit den wilden Augen, der nach ihr fragte. Sie kannten ihn, war er doch früher fast täglich hier ein- und ausgegangen, sie wußten, daß es der Dichter Henry Carrey; aber nur Einer unter Allen hatte den Muth, ihm zu sagen, daß Mary Lepel in diesem Augenblick bereits Lady Hervey und in der St. Gileskirche getraut worden sei. Ein helles, entsetzliches Lachen war die Antwort gewesen, ein Lachen, das Keiner von denen, die es hörten, je wieder vergessen konnte; dann war er fortgestürmt, ein beschriebenes Blatt in der Hand haltend. —

Eben als das feierliche „Ja, ich will“, von den Lippen der Braut durch die Kirche tönte, fand draußen vor der Kirchthür eine kleine wunderliche Scene statt. Ein junger Mann war da in den Armen eines bleichen weinenden Mädchens ohnmächtig zusammengebrochen. Sie hatte sich ihm mit einem herzzerreißenden Schrei in den Weg geworfen, als er eben in das Portal stürzen wollte. Das beschriebene Blatt war dabei auf den Boden gefallen, Niemand hatte es beachtet, die Füße der jungen Lady Hervey schritten wenige Minuten später achtlos darüber hin, beim Heraustreten aus der Kirche. Den Ohnmächtigen hatten inzwischen mitleidige Helfer schon längst weggebracht und dieselbe Menge, die sich entsetzt vor dem Ausdruck des Schmerzes der beiden Geschwister — denn daß es Bruder und Schwester waren, die sich hier gefunden, bezweifelte Niemand — berauschte sich nun in Bewunderung der kostbaren Toiletten und zählte mit Neid die Brillanten an dem Halse der schönen Neuvermählten.

Capitel XVI.

Die Geschwister.

Motto:
Zum Himmel blicktest Du, und Dein Auge sagt:
„Du Sonne dort, meinst Du, ich liebe Dich?“
Zur Erde blicktest Du, und die Stirne klagt:
„Thörin Du, warum gebarst Du mich?“
Milton.

Wochen waren seit jener Scene in der St. Giles-Kapelle vergangen. Henry Carrey lag an einem hitzigen Nervenfieber in dem kleinen Stübchen Ellens. Keiner seiner Freunde wußte von ihm, er war für Alle spurlos verschwunden; er wollte es so, nur Richard Savage hatte sein Versteck entdeckt und theilte nun mit der unglücklichen Schwester des Kranken die anstrengende Pflege. Das Mädchen ließ es geschehen, ohne sich zu sträuben. Bleich wie der Tod und starren Auges saß sie an dem Bette des Bruders, nur dann und wann leise die Hand auf seine glühende Stirn legend, oder ihm den Trank reichend, den der Armen-Doctor, mit dem rothen Gesicht und der schweren Zunge, verschrieben. Savage kam immer erst am Abend und blieb dann bis zum Morgen. Ellen verließ zwar das Zimmer des Kranken nicht in seiner Gegenwart, aber sie schien doch zu schlummern in jenem Sessel am Fenster, wohin sie sich allezeit zurückzog. Regte sich der Kranke, oder rief er in seinem Fieber phantasirend ihren Namen, was nicht selten geschah, so stand sie alsogleich auf ihren Füßen und war im Nu an seinem Lager. Savage bewunderte heimlich diese zärtliche Sorgfalt und beneidete den Freund um den Schatz dieses treuen Herzens, aber er fühlte doch zugleich eine seltsame Angst über sich kommen, je länger er das Mädchen beobachtete. Der Schmerz und Kummer um die plötzliche und schwere Krankheit des Bruders schien sie fast der Besinnung beraubt zu haben, und ihre eigene Gesundheit hatte wohl schwer gelitten unter diesem Schlage. Sie war das erschütterndste Bild des Grams. Ihr matter Schritt, ihr bleiches Gesicht, ihr umflortes Auge, ihr fliegender Athmen, Alles deutete auf eine Trostlosigkeit ohne Gleichen. Wie oft der Freund auch von baldiger Genesung redete, wie zuversichtlich der wunderliche Doctor seine Kunst rühmte, kein Strahl der Hoffnung zuckte je über die Stirn Ellens. — Vergessen und verdorrt stand der Myrthenbaum, der kleine Vogel war längst entflohen. Und drüben? — Ach, drüben war ja seit jener Nacht, die dem glänzenden Feste in New Spring-Garden folgte, kein Vorhang mehr aufgezogen worden. Der Nachbar war plötzlich ausgezogen, so hatte der Hauswirth dem entsetzten Mädchen erzählt, wohin? das wußte er nicht. Viele Tage später erst war ein Brief abgegeben worden, dessen Adresse den Namen Ellens trug. Ein kleiner Knabe hatte ihn der Hauswirthin gebracht. Er hatte die Worte enthalten: „Ein grausames Geschick trennt mich von Dir. Nie werde ich das Glück jener Sonnentage in Deiner Nähe vergessen, nie Dich selbst, süße Ellen. Aber wiedersehen dürfen wir uns nicht. Forsche nicht nach mir. Zürne mir nicht, verachte mich nicht, wir müssen getrennt bleiben. Du wirst, Du kannst mich nicht finden, denn ich darf mich nicht von Dir finden lassen. Mein Herz bleibt aber bis zu seinem letzten Schlage in Deiner Nähe und dies Herz wird auch hören, wenn Du mich rufst. Brauchst Du Hülfe, Unterstützung, so schreibe ein Wort, Ellen, unter der Adresse: John Wood, und laß es in Charter-House abgeben. Es wird mich dann erreichen und Du sollst der Sorge Dessen nicht entbehren, der keine Sünde seines ganzen Lebens tiefer bereute als die, Dich verlassen zu haben. Fluche mir nicht, Ellen, ich liebte Dich!“ — Dieses grausame, entsetzliche Blatt hatte sie thränenlos wieder und wieder gelesen, bis es Wort für Wort wie mit Feuerschrift in ihrem armen Kopfe stand. Dann hatte sie das Papier in tausend kleine Stücke zerrissen und in alle Winde zerstreut. „Betrogen“, das Eine wußte, das Eine fühlte sie nur. Aber Henry, der arme, angebetete Henry war es ja auch! Getäuscht und verlassen von ihr, die er über Alles geliebt! Mit welchem Rechte konnte sie ein besseres Loos verlangen als er!? Aber Henry war wenigstens in diesem Augenblick glücklich, er hatte kein Bewußtsein dessen, was er erlebt, in seinen Fieberträumen erschien das Bild seiner verlorenen Geliebten in ungetrübter Schönheit. Mary sprach und lächelte ihm zu, sie neigte sich herab zu ihm, sie berührte mit ihren Lippen seine Stirn, sie hauchte himmlische Worte in sein Ohr, sie verließ ihn nicht Tag noch Nacht. O, wie oft stand Ellen mit gerungenen Händen an seinem Lager, seinen wirren Worten lauschend, und betend, daß er so in diesem süßen Traume hinüber schlummern möge in das ewige Vergessen. An ihrem eigenen furchtbaren Weh erkannte sie erst, welch Leid auf dem Herzen des Bruders gelastet, und sie zitterte vor seinem Erwachen, sie zitterte, ihn Qualen erdulden zu sehen, wie sie selbst sie jetzt empfand. Betrogen! Verlassen! Eine Welt voll Jammer lag in diesen Worten. — Es war seltsam, daß Ellen auch nicht mit einem Gedanken sich noch an irgend eine Hoffnung klammerte, wie es sonst Frauenart, daß sie auch keines der geschriebenen Worte anders zu deuten, daß sie sich selbst nicht einen armen Moment wenigstens zu täuschen versuchte, um sich zu retten aus den Fluthen der Verzweiflung, die so plötzlich ihr armes Herz überströmten und höher und höher stiegen; aber ein Leben voll Sorgen und Arbeit, wie sie es geführt von Kindheit an, lehrt nicht hoffen, nur fürchten. Jene Schmetterlinge phantastischer Träume, jene Blumen süßer Illusionen sind die Kinder des Lichtes, ohne einen Sonnenstrahl erblüht keine Rose. In das dunkele, winterliche Dasein Ellens war nur gleichsam der Wiederschein eines Lichts gefallen, jene Strahlen, die ihr die Augen des Bruders zutrugen. Echten, wirklichen Sonnenschein kannte sie nicht, und als sie ihn zu sehen glaubte, als sich ihr ganzes Sein und Wesen diesem warmen Schein entgegen drängte, da war es nur geschehen, um zu erkennen, daß es eine falsche Sonne gewesen. Es war dies zugleich die erste Täuschung ihres Lebens und sie fühlte mit erschreckender Klarheit, daß sie daran zu Grunde gehen werde. Wie wunderbar! Andere taumeln von einer Täuschung in die andere und bauen auf den Trümmern ihres zerstörten Glücks sich wieder einen neuen Palast, um ihn wieder zusammenbrechen zu sehen, wenn sie ihn kaum bezogen, und Wesen, deren Dasein eine Kette von Mühen und Entbehrung, Drangsal und Elend, sterben so leicht an der ersten zertretenen Freude. Ellen sehnte sich nicht nach dem Verschwundenen; sie rief ihn nicht in ihrem Herzen, sie sagte sich nur immer und immer: „Du gabst Dich hin, Dein Bestes, Dein Höchstes zum Spielwerk, Du allein liebtest, Du wurdest nicht geliebt! Warum ließ das Gott geschehen?!“ — Dieser eine Gedanke, diese eine Frage war nur da, keine andere, vom Morgen bis zum Abend. Nur wenn sie die Stimme des Bruders hörte, schwieg diese andere schauerliche Stimme auf Augenblicke; dann stand die alte treue Liebe in ihrer vollen Kraft wieder da, dann sagte sie sich: „Ich will leben, so lange er noch lebt, so lange er noch meiner bedarf, ich will arbeiten für ihn, er dulde mich nur ferner in seiner Nähe!“ — Sie versuchte auch wirklich in jenen Stunden, in denen Richard Savage bei dem Kranken wachte, in alter Weise zu arbeiten, so sehr auch ihre Augen brannten, so sehr sich auch jener graue Schleier verdichtete, der sie früher so oft und immer öfter geängstigt, wenn er die feinen Zeichnungen ihrer Stickereien zu verhüllen schien. Nur lieferte sie ihre Arbeit fortan nicht mehr persönlich ab, die Hauswirthin übernahm mitleidig diese Gänge für sie. Es war aber nicht die Vorstellung, dem einst Geliebten zu begegnen, die sie einer Ohnmacht nahe brachte und in ihre vier Wände bannte; es war ein brennendes Schamgefühl bei dem Gedanken, unter Menschen zu gehen. Meinte sie doch, jeder Mann und jedes Weib müsse ihr auf der Stirn lesen: „Arme, Du liebtest und wurdest nicht geliebt!“ — Sich bemitleidet zu sehen, welche Qual lag in dieser Vorstellung für dies verschlossene und stolze Herz! Ihn selber zu sehen, den Mann, der ihr das Herz gebrochen, fürchtete sie nicht. „Der Geliebte, den ich einst umfaßte, ist gestorben“, sagte sie sich; „begegnet mir eine Erscheinung, die seine Züge trägt, so kann dies nur ein Truggespenst in seiner Hülle sein, das keine Gewalt haben darf über mich!“ Aber heimlich sehnte sie sich doch, ihrem Bruder Alles zu beichten. Sie betrachtete solch Geständniß als eine Art von Buße, die sie sich auferlegte, eine Sühne ihrer Schuld, einem Andern einen Theil ihres Herzens gegeben zu haben. Hatten doch ihre Gedanken so oft diesem Andern gegolten, Gedanken, die seit Jahren nur dem Bruder gehört! Das mußte sie ihm sagen, und seine Verzeihung erflehen. Sie wollte, wenn er ihr verziehen, fortan auch nur an *sein* Leid denken, nur für *seine* kranke Seele sorgen, nur ihn trösten. Und zwischen all diesen widerstreitenden Wünschen und Entschlüssen, in diesem Chaos von Schmerz und Unruhe tauchte immer und immer wieder, wie das Gesicht einer Leiche auf einem bewegten Wasserspiegel, das verworrene Gebet auf: „Gott, laß ihn sanft sterben, den theuren Bruder, und mich mit ihm, nimm uns unsere Last vom Herzen, sie ist zu schwer!“

Und so kam ein Morgen, wo eine Krisis eintrat, nach dem Ausspruch des weisen Doctors, und Henry Carrey endlich zum Bewußtsein erwachte. Er streckte die Arme matt der Schwester entgegen. — Wohin war nun alles Elend?! Versunken wie ein schwerer Stein in einem tiefen See in dem tiefen Liebesblick seiner Augen. Und als sie so neben seinem Bette kniete und seine Hände auf ihrem Nacken fühlte und seine Stimme ganz leise und zärtlicher denn je sagen hörte: „Arme Ellen, wie hast Du um mich gelitten!“ da war ihr, als sei sie das glücklichste, sorgenloseste Geschöpf der Erde.

Sie waren allein, die Geschwister, in jenem seligen Augenblick, und redeten dann zusammen in halb abgebrochenen Sätzen, fast wie in Träumen, von Dingen, von denen sie seit Jahren nicht geredet. Von den Eltern, von den gestorbenen Geschwistern sprachen sie leise, von dem ersten Sammetwamms, das Henry trug, und das Ellens Hand für ihn gefertigt, von dem ersten Gedicht, daß er seiner Schwester heimlich vorlas, von all solchen heitern köstlichen Erinnerungen, bis der Kranke sich müde, aber glücklich lächelnd zurücklehnte und, die Hand der Schwester in der seinen, einschlief. Gegen Abend kam Richard Savage, der treue Freund; aber seltsamer Weise machte sein Anblick den Kranken unruhig. Er drückte ihm zwar innig die Hände und dankte ihm für seine treue Sorge, aber er äußerte doch zugleich etwas hastig und bestimmt das Verlangen, daß der Freund sich nun endlich Ruhe gönnen und ferner nicht mehr bei ihm wachen möge. „Ellen wird mich jetzt gesund machen“, sagte er beim Abschiede, „so recht gesund, damit ich später

Dir beweisen kann, wie voll von Dank mein Herz ist für Dich. Eine kleine Weile mußt Du mir aber dazu Zeit lassen, Dick! Dein Gesicht erinnert mich zu lebhaft an jene Welt, die mich so krank gemacht, und würde also meine Genesung verzögern. Ich darf jetzt, ich fühle es, Nichts sehen als Ellen, Nichts hören als ihre Stimme. Sie weiß ja Nichts von da draußen, in ihrer Nähe allein ist Frieden und Vergessen. Komme in einer Woche wieder, Dick, dann darfst Du mir erzählen! Jetzt laß mich, Du würdest es auch nicht aushalten mit mir schwachem, mürrischem Burschen, und am Ende gar Deinen Henry nicht mehr lieben und Dich von ihm lossagen. Und das soll und darf nicht sein! Sei gut, und vergieb mir dies offene Geständniß. Auf Wiedersehen in acht Tagen!"

Aber als nach Ablauf einer Woche Richard Savage wieder hereintrat, stand in den dunkeln Augen Carreys noch ein so abwehrender, finsterer Ausdruck, in denen Ellens aber eine so ängstliche

Bitte, daß der Freund wohl fühlte, wie sehr der Kranke noch der Schonung bedürfe, und bei sich selbst beschloß, erst nach längerer Zeit an diese Thür zu klopfen. Er gab beim Abschied freiwillig dies Versprechen zur offenbaren Erleichterung Henry's. Es war auffallend, mit welcher unverhohlenen Aengstlichkeit der Kranke jedes Gespräch vermied, ja unmöglich machte, das die Zeit seiner letzten Vergangenheit hätte berühren können. Ellen selbst ging nur widerstrebend auf diesen seinen Wunsch ein. Ihr wäre es ja eine Erleichterung gewesen, das jüngst Erlebte aussprechen, und gleichsam so einen Theil seines Wehes auf ihre Schultern nehmen zu dürfen. Sie glaubte, es müsse auch ihm eine Last vom Herzen heben, und trauerte über sein hartnäckiges Zurückweisen. Seine Körperkräfte kehrten allmälig zurück, er konnte das Lager verlassen, aber mit der steigenden Kraft stieg auch seine Schwermuth. Stundenlang saß er an jenem Fenster, das sonst Ellens geliebtester Platz, und starrte erloschenen

Blickes hinunter in den dunkeln Hof. Sie saß dann in der offenen Kammer mit ihrer Arbeit und warf hin und wieder einige Worte zu ihm herüber, bis die Abenddämmerung sie von ihrem Rahmen und zu seinen Füßen trieb. Es galt jetzt zu arbeiten, doppelt fleißig als sonst; die Pflege des Genesenden war eine kostspielige, der Arzt mußte bezahlt werden, und vor Allem durfte Henry nicht merken, daß sie für ihn arbeite, und immer nur für ihn. Ach, wenn nur die Augen nicht so geschmerzt hätten! Sie brannten fast so sehr, wie das arme Herz. Und auch diese Last von Angst und Qual mußte allein getragen werden, von diesen Leiden durfte Henry nie Etwas ahnen. Er fragte zuweilen, was sie arbeite: „Für Dich und mich kleine Nothwendigkeiten, die jede Hausfrau selbst zu besorgen pflegt“, hatte sie dann geantwortet, und diese Antwort ihm auch genügt. Er dachte jetzt weniger als je über dergleichen Dinge, über des Lebens Nahrung und Nothdurft, nach. Es fiel ihm nie ein, aufzustehen und zu ihr hinzugehen. Nur in den Abendstunden rief er oft ungeduldig nach ihr, er konnte keine Dämmerung mehr vertragen. Wer sie dann Beide hätte belauschen dürfen in ihrem harmlosen Geplauder, der würde vielleicht an zwei Glückliche geglaubt haben, die sich mit ihrer Liebe vor der Welt in ein trauliches Versteck geflüchtet, um ein seliges Traumleben zu führen. Ein tieferer Blick in die Augen dieses Mannes aber, oder in das Antlitz dieser Frau, hätte freilich diesen Gedanken rasch zerstört. Da war kein Glück, da war tiefes, unheilbares Leid. Während die Lippen von der Frühlingszeit sorgloser Kindheit redeten, während die Hand des Bruders auf dem Haar der Schwester ruhte, rang sein Geist mit dem gräßlichsten aller Dämonen, mit dem Gedanken an den Selbstmord, und auf dem Herzen des Mädchens lastete die Erinnerung an eine Seligkeit, die mit ewiger Verlassenheit geendet. Es geschieht zu tausendmalen im Leben, daß eine lange Zeit hinschleicht, ohne jene Wandlung zu bringen, die wir stündlich erwarten. Wir meinen, es müsse jeden Augenblick etwas Erlösendes oder Vernichtendes eintreten in das Einerlei unseres Elends, es könne so, und gerade so nicht weiter gehen, und es geht doch weiter, und wir sehen fast wie im Traume zu, bis endlich die schweren, niederhängenden Wolken zerreißen, um den Sonnen- oder den Blitzstrahl durchzulassen, der die erwartete Entscheidung herbeiführt.

Ellen saß eines Tages an einer neuen Arbeit, sie stickte mit feinen Goldfäden Blumen auf den Saum eines schwarzen Sammetkleides, die Gemahlin des Herzogs von Belton sollte es tragen. Schon sank die Sonne, Henry hatte bereits ungeduldig nach seiner Pflegerin verlangt, nur noch eine Blume fehlte, dann war die Arbeit vollendet und der schwer verdiente Lohn errungen. Sie legte trotz der heftigsten Schmerzen der Augen die Nadel deshalb noch nicht aus der Hand. „Noch zehn Minuten, Theuerster“, bat sie, „dann bin ich bei Dir.“

Aber er war heut voll rastloser, ungewöhnlicher Ungeduld, mit leisem Schritt trat er ein und stand neben ihr, ohne daß sie es gewahrte. Warum starrte er aber so entsetzt auf den prächtigen Stoff, der sich da vor ihm ausbreitete? Ellen, die sich in diesem Augenblicke umwandte, schrie auf vor Schreck über den Ausdruck seines Gesichts. Unwillkürlich faßte sie mit beiden Armen nach ihm, als müsse sie ihn halten. Aber er trat zurück und drängte sie sanft von sich. Den Finger auf die Zeichnung der Goldstickerei legend, sagte er langsam: „Dies Muster hat Mary Lepel auf einem blauen Kleide getragen, und Du hast es für sie gearbeitet. Ich weiß jetzt Alles!"

Eine lange Pause folgte diesen Worten. Henry Carrey war auf einen Stuhl gesunken, seine schlanken bleichen Hände bedeckten sein Gesicht. Schwer und hastig athmete er. Ellen erhob sich, um neben dem Bruder niederzuknieen. Sie umschlang ihn mit beiden Armen und lehnte ihren Kopf an seine Brust. „Es ist gut, daß es so gekommen, Henry, daß Du es gesehen“, flüsterte sie, „nun sollst Du auch Alles, Alles erfahren. Wir wollen fortan kein Geheimniß mehr vor einander haben und — zusammen elend sein.“

An jenem Abend schlich die alte Magd mehr als einmal ins Zimmer, um die Geschwister zu ermahnen, den bescheidenen Nachtimbiß zu nehmen. Es war vergebens. Sie blieben bei einander, leise redend, die ganze Nacht. Dann und wann hätte man ein halb unterdrücktes Schluchzen hören können, ein leises zärtliches Bitten, ein herzzerreißendes Klagen. — Erst als der Morgen mit seinen grauen Augen kalt und forschend ins Zimmer schaute, trennten sich die Geschwister. Henry warf sich auf sein Lager, Ellen kniete am Fenster nieder und sah über den dunkeln Hof hinweg in das gegenüber liegende Fenster. Der grüne Vorhang war noch immer herabgelassen, nie, nie konnte jene geliebte Hand ihn wieder emporziehen, nie, nie sollten die theuersten Augen der Erde wieder herüber grüßen! — Ob es ein Gebet war, das sie jetzt sprach? Dazu blickte sie zu verzweifelt, seufzte sie zu schwer. Zum ersten Male in ihrem Leben erschien sie äußerlich vernachlässigt, ihr Haar hatte sich gelöst, ihr Häubchen lag am Boden, ihr Busentuch war zerdrückt, ihr Gesicht sah in diesem ersten Morgenschein, mit dem Schatten des Grams und der Uebermüdung, um zehn Jahre gealtert aus. Allmälig unterbrach das Geräusch des werdenden Tages die Stille. Die Färbung wurde wärmer. Die gewohnten Gestalten erschienen im Hofe, Ellens Auge hing an ihnen mit einem seltsamen Ausdrucke. Der Schritt der alten Magd wurde hörbar, auch ihr trockener, leiser Husten. Warum füllten sich die Augen des Mädchens mit Thränen bei diesem Ton? — Sie erhob sich nun zögernd, ging in die Kammer und legte ihre Arbeit sorgfältig zusammen. Dann trug sie das Kleid hinunter zur Wirthin, die schon auf war, und bat sie, so bald als möglich die vollendete Arbeit zur Kammerfrau der Herzogin von Belton zu bringen. „Belton?“ wiederholte die Frau. „Das war der

Name, auf den ich mich so lange besonnen. Ein kleiner Bote der Herzogin von Belton war es, der einmal einen Brief an den Schreiber da drüben brachte, der seitdem ausgezogen ist. Es war am Morgen jenes Tages, an dem er fortging, um nie wiederzukommen. Nun, wer weiß, sie ist vielleicht noch jung und hübsch und der schöne Mensch hatte ihr gefallen, man kennt ja die vornehmen Frauen in London! Unser Eins ist ein reiner Engel gegen sie und man hat doch auch sein Päckchen Sünden zu tragen. Und schön war er wirklich, der Schreiber. Ich werde heut versuchen, ob ich sie zu sehen bekomme und erzähle Euch dann von ihr. Wer weiß, vielleicht hat sie ihn zu ihrem Geheimschreiber gemacht. Solche Dinge geschehen in der Welt alle Tage, mein Kind! Es giebt nicht Viele, die so ehrbar leben wie Ihr und ich, das glaubt mir nur!"

Der Armen-Doctor kam an diesem Tage besonders früh. Es war auffallend, daß Henry ihn diesmal sofort mit der Bitte empfing, die Augen seiner Schwester genau zu untersuchen. „Ich selbst bin jetzt wieder gesund und brauche Euch ferner nicht mehr zu bemühen“, sagte er, „aber ich fürchte, die fleißigen Augen Ellens sind kränker, als ich je gewesen. Sagt mir die heilige Wahrheit, wie Ihr sie gefunden, ich werde Euch nachher darum fragen.“ Ellen trat hier ein, die Geschwister wechselten einen langen, bedeutungsvollen Blick. Das Mädchen erschien wieder wie sonst in ihrer gewohnten Zierlichkeit. Eine zarte Röthe überflog aber ihr Gesicht, als ihr Bruder jetzt ihre Hand ergriff und sie gegen das Fenster führte. „Seht genau zu, Doctor“, sagte er mit einem seltsam feierlichen Ton, es hängt gar viel von Eurem Ausspruch ab.“ Der alte Mann that sein Möglichstes. Er war noch vollkommen nüchtern, rückte einen Stuhl zurecht und hieß Ellen darauf Platz nehmen. Dann neigte er sich lautlos über diese sanften verschleierten Sterne. Die verschlungenen, zitternden Hände der Geschwister lösten sich erst, als der Arzt sich wieder aufrichtete und mit unsicherer

Stimme sagte: „Ich habe genug gesehen, Ihr müßt Euch einer langen Kur unterwerfen, mein Kind.“ „Geh hinaus, meine süße Ellen“, bat Henry mit heiserem Ton. Sein Gesicht war verzerrt, kalte Tropfen standen auf seiner Stirn. Lippen und Wangen erschienen blutleer. — Ihr ganzer Körper bebte, als sie ihn so sah, sie warf sich leidenschaftlich an seine Brust. „Frage ihn nicht, Henry!“ bat sie mit erstickter Stimme. „Laß uns warten, ich will jene Kur gebrauchen; laß uns warten, bis sie vollendet!“

Der Arzt blickte verwundert vom Einen zum Andern. Der junge Mann aber machte sich sanft von den umschlingenden Armen der Schwester frei und geleitete sie in die Kammer. Sie sträubte sich nun nicht mehr. Längst hatte der Armen-Arzt das Haus verlassen, als erst das Mädchen zu ihrem Bruder eintrat. Sie fand ihn schreibend. Ueber ihr Gesicht flog etwas wie ein Freudenstrahl, als sie ihn so sah. Er blickte fast heiter zu ihr auf. Keine Frage kam über ihre

Lippen, aber ihre Augen senkten sich forschend in die dunkeln Augen Henry's.

„Es ist entschieden", sagte er kaum hörbar, „in wenigen Stunden werden wir glücklich sein!"

Sie stieß einen Schrei aus. „Nicht Du, nicht Du, ach Henry, Du wirst, Du kannst noch eine Zukunft haben! Lebe, lebe! Laß mich allein sterben!"

„Du bist grausam — wie ein Weib. Du willst die schwerste Last meinen Schultern aufbürden. Ich bin aber nicht mehr muthig genug, sie von Dir anzunehmen, Ellen. Quäle uns Beide nicht noch länger! Es ist genug der Qual!"

Er zog sie leidenschaftlich in seine Arme. „Laß mich noch einige Worte schreiben, ich bin in wenigen Minuten mit diesem letzten meiner Geschäfte fertig."

„An wen schreibst Du?"

„An einen Freund, den Dichter John Gay. Ich wünsche, daß er meinen Nachlaß ordne, — wie stolz das klingt, mein Liebling! — und uns begraben lasse. Er hat hohe Freunde und was noch mehr bedeutet, hohe Freundinnen, und kann also meinen Papieren und uns nützen.“ Sie hörte gedankenvoll zu, ohne die leiseste Ahnung, wie nahe dieser Name mit ihrem eigenen Ich zusammenhing. „Und hast Du an keine Seele mehr zu schreiben, meine Ellen?“ fragte er noch.

„An keine. Nur Etwas möchte ich für Dich noch thun. Ich habe hier ein Blatt, es ist Dein letztes Gedicht, Henry, ich nahm es aus Deiner Hand an jenem Tage vor der Kirche. — O still, rege Dich nicht mehr auf, Geliebtester! Sieh, das möchte ich dem deutschen Musikmeister Georg Händel schicken, dessen gewaltige Melodieen man ja so sehr rühmt, man hat ihn mir in jener Nacht in New Spring-Garden gezeigt. Er soll auf Deine Verse an den König Georg eine Melodie machen, daß Jeder sie gleich singen kann. Und er wird es thun! Ich hatte vor zwei Nächten einen seltsamen Traum: Die ganze Welt sang Dein Lied vor dem Prinzen von Wales und er trug die Königskrone und den Hermelinmantel. Wie ein Strom brauste es daher und nach dem letzten Verse riefen tausend und aber tausend Stimmen den Namen „Henry Carrey!" — War das nicht ein schöner Traum?"

„Wohl Dem, der die Erfüllung nicht mehr erlebt, der dann schläft, fest und traumlos, armes, süßes Mädchen! Aber gieb mir das Blatt und schreibe nur Händels Namen darauf und den Deinen darunter, ich lege es dann in meinen Brief an John Gay. Es wird so in die rechten Hände kommen, verlaß Dich darauf! — Nun aber rufe unsere alte Magd, meine Ellen, sie mag das Schreiben zu dem Lord Chesterfield bringen, schicke sie gleich fort und dann — schließe die Thür."

Capitel XVII.

Brief der Herzogin von Queensbury an ihre Schwester.

„Sorgt Euch nicht, John Gay, Euer Liebling, dessen sanfte, zärtliche Gedichte Euer Herz entzücken, ist wieder fast ganz gesund. Wer hätte je gedacht, daß der gewaltsame Tod des armen Henry Carrey ihn so niederwerfen würde! Ich glaubte nicht und hatte nie davon gehört, daß Beide so innige Freunde. Aber Johns Herz ist sehr weich, und die Nebenumstände, die den Tod des jungen Dichters begleiteten, mußten wohl im hohen Grade erschütternd auf ihn wirken. Vielleicht daß auch noch eine andere zerstörte Herzenshoffnung ihn doppelt reizbar gemacht hatte. Ich will Euch Alles hübsch ordentlich erzählen. John Gay hatte, wie Ihr wißt, monatelang in tiefster

Zurückgezogenheit gelebt, um ein Versprechen zu erfüllen und einen Operntext, wie er mir endlich gestanden, zu schreiben. Wo er eigentlich gelebt, weiß ich nicht, und nicht einmal seine genauen Freunde, die Mitglieder des devils dozen, wußten es. Nach Vollendung seiner Aufgabe erschien er plötzlich wieder in unserer Gesellschaft, nur etwas bleicher und stiller als sonst und fast ausschließlich im Gefolge der Herzogin von Belton. Ob sie mit ihm schon früher ein kleines Spiel getrieben, oder ob er, in gewöhnlicher Männereitelkeit, sich von ihr geliebt geglaubt, wage ich nicht zu entscheiden, genug, sie beschied ihn eines Tages in einem eigenhändigen Briefe zu sich und stellte an ihn das seltsamste Verlangen, das je eine Frau an einen Mann gestellt. Ihr werdet es kaum glauben, wenn ich es Euch erzähle, und doch wiederhole ich Euch nur die Worte Gay's. Schöner, strahlender denn je, in nie gesehener Erregung begehrte sie nämlich nichts Geringeres von ihm, als — daß er ihr den Hof mache. Und als er nach dieser wunderlichen Bitte, zu ihren Füßen niederstürzend, sein ganzes Herz mit glühenden Worten gleichsam in ihre Hut gab und sein Leben und seine Seele in ihre Hände legte (Ihr erinnert Euch, daß ich Euch sagte, er sei ein wenig eitel und allzu empfänglich für die Nichtigkeiten des Lebens, für äußere Dinge, Schönheit, Rang und Reichthum), wies sie ihn plötzlich mit eisiger Miene zurück und sagte: „Mißversteht mich nicht und laßt mich ausreden, John Gay. Ich habe Außergewöhnliches von Euch begehrt, weil ich unter allen Männern, die ich kenne, hört es, John Gay, unter allen — nur Euch meines vollen Vertrauens werth halte, nur mit Euch jenes gewagte Spiel unternehmen möchte, das ich jetzt spielen muß. Ich wünsche, wie ich Euch sagte, Eure Aufmerksamkeit, Eure ritterliche Galanterie, ich erlaube Euch den Zutritt zu mir, wie ich ihn keinem andern Manne je erlaubt habe, noch erlauben würde, einzig und allein, um das Eine zu erreichen: die Eifersucht des Herzogs zu erregen.

Hört mir ruhig weiter zu. Ihr seht ein unglückliches Weib vor Euch. Alle Mittel, mir das Herz meines Gemahls zuzuwenden, habe ich angewandt, sie schlugen fehl, ich wage jetzt das letzte und gefährlichste. Ich habe sagen hören, daß in den Augen mancher Männer das Weib erst dann einen Werth gewinnt, wenn sie es im Begriff sehen, aus ihren Armen in die Arme eines Andern zu gleiten. Ihr seht eine verzweifelte Thörin, die ihren Mann liebt und seine Liebe gewinnen möchte um jeden Preis, Ihr seht, selbst um den ihrer Erniedrigung. Ich vertraue mich Euch an. Ihr scheint mir würdig, der Mitwisser meines schmerzlichen Geheimnisses zu sein." —

Ob John Gay nach dieser seltsamen Eröffnung seine Fassung bald wiederfand, weiß ich nicht, man sah ihn aber von Stund an in der unmittelbaren Nähe der Herzogin. Er las ihr vor, er durfte zu jeder Zeit bei ihr sich melden, sie empfing ihn, wenn sie alle Anderen abwies. Oeffentlich erschien er überall als der begünstigte Ritter der schönen

Frau, als der bevorzugte Page einer bezaubernden Prinzessin. Die vornehme Gesellschaft sah mit Schadenfreude den oft bespöttelten Heiligenschein der stolzen Belton erblassen und schwinden. John Gay's Antlitz war zwar nicht sonderlich heiter, er trug keinen Augenblick die Miene eines begünstigten Liebhabers zur Schau, aber — ich fürchte, daß er dennoch zuweilen kühne Träume träumte. Das Herz selbst des besten Mannes, glaubt es nur, ist ein unergründlich tiefer Born der Eitelkeit. Vielleicht glaubte er sich, trotz ihres Geständnisses, dennoch seit langer Zeit von Mary Belton geliebt, denn ich erinnere mich, daß ich ihm einst scherzend von einer geheimen Neigung ihres kalten Herzens erzählte und den Namen Belton absichtlich verschwieg. Möglich genug, daß er den Namen John Gay später in ihren Augen zu lesen glaubte, die ihn freilich oft mit einem ganz besonderen Ausdruck suchten und anschauten. Möglich, daß er auch auf die Wandelbarkeit des Frauenherzens baute, genug, er scheint sich trügerischen Hoffnungen überlassen zu haben, als er das gefährliche Spiel einging. Das Alles hätte ich wohl schwerlich erfahren, wenn nicht Henry Carrey's Tod ihn auf das Krankenlager geworfen. Daß dieser Unglückliche aus Verzweiflung über den herzlosen Verrath der Lepel starb, daran zweifelt Niemand. Man erzählt sich böse, böse Dinge von der schönen Mary. Er hat sich mit einem kleinen Dolch, den sie ihm einmal scherzend geschenkt haben soll, mit der Bitte, sie zu tödten, wenn sie sich je von ihm wende, ins Herz gestoßen. Mit ihm starb seine Schwester, von deren Dasein wir Alle Nichts geahnt. Man fand Beide zärtlich an einander geschmiegt, das Mädchen zu den Füßen des Bruders, den Kopf auf seine Kniee gelegt, auf einem kleinen Schemel, ihn selbst in einen Sessel zurückgelehnt. Er hatte sie offenbar mit demselben Dolch zuerst getödtet durch einen sichern Stich ins Herz. Gott allein weiß, welche Tragödie dieser dunkle Vorhang verhüllt. Die Todte war eine gesuchte und geschickte

Stickerin, deren fleißige Hände uns unsere Sammetroben sehr geschmackvoll mit Goldfäden zu verzieren verstand, dabei aber, wie ich jetzt vernommen, ihre armen Augen unheilbar zerstörte. Nach dem Ausspruch des Arztes, der diese Augen noch an dem Tage ihres Todes untersucht hatte, würde das unglückliche Mädchen in einem Monat spätestens unheilbar erblindet sein. Einige mystische Zeilen von der Hand Carrey's, die ihm Chesterfield überbrachte, riefen John Gay in die entlegene Wohnung des todten Dichters. Der Anblick der beiden Leichen soll ihn dermaßen erschüttert haben, daß er das Bewußtsein verlor und zwei Stunden besinnungslos dort liegen blieb. Es währte lange, ehe er wieder in seine eigene Wohnung geschafft werden konnte, und noch länger, ehe er einen Besuch empfangen durfte. Als ich ihn zuerst wieder sah, der Herzog führte mich zu ihm, erschrak ich über die Veränderung seines hübschen Gesichts. Er hatte sich zu mir bringen lassen, wie er sagte, um mich zu bitten, ihn für immer bei der Herzogin von Belton zu entschuldigen. „Die Todten haben mich in ihre Dienste genommen", sagte er mit einem Lächeln, das mir ins Herz schnitt. Der Nachlaß Carreys beschäftigt ihn, wie es scheint, ausschließlich, doch scheint nichts Bedeutendes da zu sein. Sein letztes Gedicht, eine Art Ode auf den König, soll die Schwester als ihr und sein Vermächtniß dem deutschen Musikmeister Händel zugeschickt haben, mit der Bitte, eine Melodie dazu zu setzen. Ich glaube, beiläufig gesagt, nicht, daß ein Fremder englische Verse in die rechten Harmonieen kleiden kann. Dabei fällt mir ein, daß wir wirklich in Kurzem jene englische Oper hören werden, von der mir Chesterfield so wunderbare Dinge erzählt. Jene verrufene Gesellschaft des Teufels-Dutzend componirt sie. Den Haupttext hat allerdings John Gay geschrieben, aber verschiedene andere Mitglieder haben noch nach Belieben allerlei witzige und lustige Verse hinein geschoben. Die Melodieen erfand Doctor William Bogie, der Flötenspieler Mathew, ein seit vielen Jahren hier ansässiger gelehrter Deutscher, Doctor Pepusch, und verschiedene Andere der devils dozen. Die Decorationen malt William Hogarth, und die Hauptrolle soll ein ganz junges Mädchen singen, Lavinia Fenton, die Stieftochter eines Schenkwirths und Pflegekind und Schülerin jenes erwähnten Musikers Pepusch. Auch Händel und der junge Paradisi haben ihr Unterricht gegeben. Damit sie aber nicht allein von Ausländern unterwiesen werde, hat man die junge Sängerin der Anastasia Robinson empfohlen, die sich ihrer warm annimmt und sie nächstens in einer vertrauten Gesellschaft vor uns singen lassen will. Ich wollte, Ihr könntet zur Aufführung der Oper, von der jetzt schon Jedermann spricht und die in spätestens einigen Monaten stattfinden soll, hier sein. Ganz London ist in Spannung, seit Jahren hat kein musikalisches Ereigniß die Gemüther so beschäftigt. Die Italiener lachen und prophezeien der Oper schlimme Dinge, wir guten Engländer hoffen aber auf einen glänzenden Sieg der Unsrigen — der

Uebermuth der Fremden wird gar zu groß. Wir werden die kleine Fenton in jedem Falle mit Aufmerksamkeit behandeln, schon um der anspruchsvollen Durestanti willen, die nicht zufrieden ist, daß man sie bezahlt und beschenkt, sondern die Kühnheit hat, zu verlangen, daß man mit ihr rede und ihr obendrein einen Platz anweise zwischen Herzoginnen und Gräfinnen. Ihr wißt, wie gern ich vertraulich verkehre in meinen kleinen Abendgesellschaften mit all dergleichen Leuten, es kann dies aber nicht vor der Welt und bei Anderen geschehen, sondern nur in meinem eigenen Hause. Das muß so sein und es ist mir unmöglich zu denken, wie je eine Zeit erscheinen könnte, in der das anders wäre. Eine Kette soll gezogen sein und bleiben zwischen uns und jenen Anderen. Die arme Anastasia Robinson würde, fürchte ich, sich auch später nie wohl fühlen in unseren Kreisen, wo man sie, wenn sie wirklich Sir Mordaunts Weib geworden, doch nur dulden könnte. Man glaubt es jetzt allgemein, daß der wunderliche

Schwärmer seine Geliebte heirathen werde, wenn der Tod ihn von seiner Frau erlöst, die von den Aerzten bereits aufgegeben worden ist. Sie tanzte sich buchstäblich ins Grab, die Arme! Die Ehen in unserer Gesellschaft sind keine Musterehen, süßes Herz — dankt Gott für Euer Glück an jedem Abend und jedem Morgen. Der Herzogin Belton letztes Mittel ist natürlich ohne Erfolg geblieben, und ich glaube, ihre Seele ist jetzt von Zorn und Rache erfüllt gegen den Mann, der es wagt, sie so fort und fort zu verschmähen. Ihre Eifersucht bewacht ihn nun auf jedem Schritt, und ich fürchte, nicht mehr aus Liebe, sondern um ihm irgend ein Leides anzuthun. Noch hat sie keinen Grund zu glauben, daß sein flatterhaftes Herz eine dauernde ernste Beschäftigung gefunden, und das scheint ihr alleiniger Trost. Wehe aber ihm und der Frau, der es endlich dennoch gelang, die Liebe dieses Mannes zu gewinnen! Ich sehe Belton selten, er bringt seine Abende meist bei seiner zeitweiligen Geliebten zu, von der mir aber die Herzogin selber einst erzählte, daß sie todtkrank und reizlos. Von den Worthleys habe ich Euch scherzhafte Dinge zu erzählen. Lady Montagu hat mit Pope gebrochen, weil sie sein Verhältniß zu den Schwestern Blount entdeckte. Ein wüthender Federkrieg war die nächste Folge. Man schmähte sich in eben so hohem Grade, als man sich dereinst angebetet und in den Himmel erhoben. Ich habe einige Verse gelesen, die er unter seine Freunde zu bringen wußte, sie redeten von der Lady als von einer unglücklich liebenden Sappho in der gehässigsten Weise. Pope's Natur ist nicht edel, er ist eitel und reizbar; ich fürchte, er wird seine ehemalige Freundin nicht schonen und die zartesten Dinge ans Licht ziehn, er wird sich nicht scheuen, jene Frau, die er einst zu lieben wähnte, in den Staub zu ziehen — seine Zunge ist scharf, sein Witz ist blendend und sengend wie der Blitz und sein Herz — kalt. Die Montagu scheint ebenfalls aufs Aeußerste erbittert, man redet von einem größeren Gedicht, daß sie ihrerseits in Umlauf gesetzt und unter der Beihülfe Lord Hervey's, dem Sporus der Satyriker, dem Boshaftesten aller Boshaften, verfaßt haben soll. Es trägt den Titel: „An den Nachahmer des Horaz" und soll des Schlimmen und Verletzenden genug enthalten, um selbst einen sanftmüthigeren Mann als Pope bis zum Wahnsinn zu reizen. — O, wie kann ein Herz das schmähen und vor Aller Augen verhöhnen, was es einst hoch und heilig gehalten, ja vielleicht gar geliebt! Ist's nicht genug an dem Schmerz, wenn wir es verloren, und möchten wir diesen Schmerz selbst nicht schamhaft vor aller Welt verbergen? Ich glaube, ich würde eher sterben als einem Anderen gestehen — und wäre es selbst meiner eigenen Mutter — daß ich — meine Götterstatue zusammenstürzen sah; ich könnte es nicht ertragen, Andere über ihre Trümmer spotten zu hören. — Welch ein Ende dieser häßliche Krieg nehmen wird, ist nicht abzusehen, man spricht davon, daß Lady Mary in Folge dessen nach Italien zu gehen gedenke und Mann und Kinder für einige Zeit verlassen werde, worüber der gute Lord auffallender Weise durchaus keine Traurigkeit verrathen soll. —

Am Hofe geht es still her. Der König ist nach Deutschland gereist, der Prinz bringt, wie man sagt, seine Tage und Nächte in Gesellschaft der Minister Townshend und Walpole zu.

Die arme Prinzessin Caroline grämt sich um Lord Hervey, dieser Gram ließ sie aber leider nicht schlanker werden. Lady Hervey scheint nicht mehr in besonderer Gunst dort oben zu stehen. Die Prinzessin übersieht sie zuweilen in ziemlich auffälliger Weise und der Prinz meidet sie offenbar, wenigstens öffentlich. Sie trug eine große Trauer um den armen Carrey zur Schau und wünscht nun seine Gedichte in möglichst prächtiger Weise drucken zu lassen. Man erzählt, daß sie sogar nach seiner ehemaligen armen Wohnung gefahren und in dem Zimmer, wo er gestorben, zum Gebet niedergekniet sei, aber nicht ohne sich vorher einiger bewundernder Zuschauer versichert zu haben.

Noch eine andere Geschichte. Lady Headly, die kleine phantastische Malerin, ist wieder aufgefunden worden, und wo? — Auf dem Gerüst, das der William Hogarth in Sadlers Wells aufgeschlagen, um die Decken und Wände des Theatersaals zu bepinseln. Sie trug Männerkleidung und soll von dem scharfen Auge eines Mädchens, Namens Nelly, entdeckt worden sein, das den Maler schon seit Jahren liebt. Der Lord, ihr Mann, hat sie zwar wieder in ihrem und seinem Hause empfangen, es aber doch für gut befunden, sofort nach ihrer Rückkehr mit ihr auf einige Zeit nach Rom auszuwandern, wahrscheinlich, damit sie einsehen lerne, daß Rafael und Michel Angelo doch noch größere — und für den Ruf einer Frau weniger gefährliche Muster als der tolle Will. Hogarth soll übrigens fortfahren, abscheuliche Blätter über das Leben und die Ehen der englischen Aristokratie anzufertigen, was ihm leider

Niemand verbieten kann. Der Stoff geht ihm auch zum Unglück nie aus.

Sir Godefroy Kneller ist von seiner langen Reise heimgekehrt und hat endlich das Portrait des Herzogs von Belton beendet. Es ist schön aufgefaßt, aber es sieht nur vornehm und edel aus; jener leidenschaftliche, ich nenne ihn dämonische Zug in seinem Gesicht fehlt, der mich und die Frauen überhaupt so anzieht. Ob diese Augen wohl je ganz glücklich aussehen können? Es giebt eben Augen, die sind nicht dazu gemacht, möchte ich sagen. — Und soll ich Euch verrathen, wer das Bild bestellt? — Niemand anders als die arme Herzogin selber. Wie leid sie mir thut! Und doch, wer trägt an diesem Elend die größte Schuld?

Ich glaube, daß ich Euch Alles berichtet, was seit meinem letzten Briefe an Euch allhier geschehen, nur von mir und meinem Hause redete ich noch nicht. Der Herzog ist heiter, wie es scheint. Wir sehen uns nur in gewohnter Weise, also sehr selten; seine Gesundheit ist leidlich. Wenn ihm irgend etwas fehlt und wenn er Schmerzen hat, so ist ihm der Aufenthalt in meinem Zimmer der angenehmste, die Hand seiner Frau berührt ihn also doch sanfter, als die seines Lieblingsdieners. Ich habe mich allmälig daran gewöhnt, Theuerste, nicht mehr zu verlangen für mich. Chesterfield ist täglich hier und ich frage mich zuweilen, wie ich leben sollte ohne diesen treuesten Freund. Und ich glaube auch, in sein Leben würde das Scheiden von mir eine Lücke reißen, die vielleicht keine andere Gestalt je auszufüllen vermöchte. Keine?! Klingt das nicht allzustolz und zuversichtlich? Nicht, wenn der Freund vom Freunde redet, nur wenn Liebende von einander sprechen. Wir sind eben nur Freunde, Chesterfield und ich, wir liefern der Welt den Beweis, daß man sich sehr, sehr viel sein kann, ohne Liebe, daß ein Weib und ein Mann nicht erst das Alter, die Runzeln, die Zahnlücken, das langsam schleichende Blut abzuwarten brauchen, um Freunde zu werden, daß es auch eine Freundschaft giebt mit blühenden Wangen und glänzenden Augen und daß sie dann tausendmal schöner als jene Alles verzehrende, ungenügsame, wilde Liebe. Ihr seht, süße Jenny, ich werde nie lieben, gebt nur diese Hoffnung auf, aber schreibt trotzdem recht bald und zärtlich Eurer Kitty.

Küßt Euer Kind und grüßt Rochester."

Capitel XVIII.

Eine Sirene.

Motto:

„Nein, lieblicher nicht aus ewigen Räumen
Spielt Feenmusik um des Schläfers Ohr,
Wenn halb er erwachend aus ängstlichen Träumen,
Als jene Stimme zu diesem kranken
Einsamen Herzen sich stahl — —"

Moore.

Sie waren gefüllt mit Menschen, jene reizend traulichen Gemächer Anastasia Robinsons, der einst so gefeierten Sängerin, eine kleine, aber gewählte Gesellschaft hatte sich eingefunden, um ihre junge Schülerin, Lavinia Fenton, zu hören, und zugleich zu entscheiden, ob man ihrer Kehle auch wirklich die Hauptrolle jener ersten englischen Oper anvertrauen sollte, von der man hoffte, daß sie die Schöpfung der fremden Musiker auf eine Weile zu verdrängen wirksam genug sein werde.

Die Dichter und Componisten dieses neuen Werks träumten schon von zahllosen Nacheiferern, von einem wirklichen Erwachen englischer Musik, von einem fortgesetzten Wettkampf mit den italienischen Beherrschern der Bühne, der zu einem endlichen Siege der Engländer führen müsse. Das Volk nahm von vornherein Partei für die zu erwartende Oper; munkelte man doch auch, daß das Ganze eine Satyre gegen die Regierung sei, und die Spitzbuben und Räuber nichts Anders als verkleidete Minister darstellen sollten. Diese Gerüchte waren nur ein Reiz mehr. Wenn die Aristokratie sich noch etwas sträubte und an keine Zukunft der englischen Musik glauben wollte, so geschah dies weniger, weil sie von den italienischen Melodieen, als vielmehr von den dunkeläugigen Sängern und feurigen Sängerinnen der Bella Italia entzückt war und sie nicht missen wollte. Eine National-Oper sollte, so lautete die Bestimmung fortan, nur durch englische Sänger besetzt werden, die schönen Gestalten der Söhne und Töchter

Italiens müßten also dann allmälig verschwinden. Die Zeiten der mit schmelzender Stimme gesungenen Serenaden, der gefahrvollen Liebesabenteuer, im Style Romeo's und Julia's, sollten also nicht wiederkehren, jene glühenden Anbetungen, begleitet von den prachtvollsten Geschenken, jene Kämpfe mit dem Degen in der Faust, wie sie eine Cuzzoni oder Faustina Hasse, die wie ein Meteor aufgetaucht war, um Alles hinzureißen und dann zu verschwinden, hervorriefen, sollten ihr Ende erreicht haben. Die vornehme Welt konnte diese Reizungen aber nicht missen. Alle dergleichen Abenteuer hatten nicht halb so viel Zauber, wenn sie nicht gleichsam in eine fremde Sprache übersetzt werden mußten, das: „Jo t' amo" klang tausendmal berauschender als das kühle „I love you!" Man gerieth in einen unbehaglichen Conflict, der englische Nationalstolz wünschte lebhaft den Sieg der englischen Musik über die der Ausländer, aber nicht den der englischen Sänger über die Italiener. Vor der Hand beschloß man also, Lavinia Fenton in jedem Falle so kühl als möglich aufzunehmen. Trotzdem war die in den Zimmern Anastasia's versammelte Gesellschaft gewaltig neugierig auf die nie gesehene Sängerin. Daß sie jung, sehr jung war, wußte man, mehr nicht. Der eben eintretende Paradisi, von dem man sich erzählte, daß er Lavinia ebenfalls unterrichtet, wurde mit Fragen über sie bestürmt. Aber die Durestanti stand in seiner Nähe, als er antwortete, und ihre brennenden Augen waren auf ihn gerichtet, und so sagte der schlaue Italiener nur achselzuckend: „Sie wird vielleicht Manchem gefallen, ich selbst bin gefeit gegen ihren Zauber. Sie ist übrigens fast noch ein Kind."

Man kannte sein Verhältniß zu der einst schönen Marguerita und lächelte über diese Rede. William Bogie war es, der dem Lord Chesterfield gleich darauf zuflüsterte: „Sie ist reizend, wie ein Kind, und singt, wie ein Weib."

Die Mitglieder der Teufels-Dutzend-Gesellschaft waren fast alle da, nur John Gay, Swift und der arme Carrey fehlten. Lord Hervey, der sich ohne seine Gemahlin eingefunden hatte, die es verschmähte, in dem Salon einer Sängerin von zweifelhaftem Ruf zu erscheinen, erzählte, daß der Dechant von Dublin nicht allein ein schelmisches Gedicht eingesandt, sondern auch sein Eintreffen zur Aufführung der Bettler-Oper verheißen habe. Der Dichter Pope vermied es sichtlich, in die Nähe des geistvollen Spötters zu gerathen, sein Gesicht verrieth durch den schnellen Farbenwechsel die Erregung, in die ihn der Anblick seines Feindes versetzte. Zerstreut beantwortete er die Fragen des jungen Dichters Thomson, dessen hübsche Augen vor freudiger Erwartung leuchteten, und dessen poetische Seele bereits von einem Lobgesang auf Lavinia Fenton träumte. Steele, mit seiner klugen prächtigen Stirn, hatte sich in ein Gespräch mit Richard Savage vertieft, — er ließ sich eben von Carrey erzählen — und seine Augen schimmerten feucht. Chesterfield stand hinter dem Sessel der Herzogin von Queensbury, die zum ersten Mal in ihrem Leben den tollen Will Hogarth vor sich sah und ihn so eben in eine kleine Verlegenheit versetzt hatte durch die mit dem reizendsten Lächeln ausgesprochene Frage, „warum er so gern die schrecklichsten Dinge aus dem Leben ihrer Gesellschaft zeichne?" Anastasia Robinson selbst saß mit der Durestanti neben dem kunstvoll ausgelegten Spinett. An ihrer Seite, die Hand auf die Lehne ihres Sitzes gestützt, stand Sir Mordaunt, schwermüthigen Blickes auf die Geliebte herabschauend. Der Herzog von Belton scherzte eben übermüthig mit der kecken Italienerin. Was hätte sein Weib, die Herzogin, hingegeben für solch Lächeln, für solchen Blick! — Ob sie wußte, in welcher Gesellschaft er war? — Wohl schwerlich. Sie hatte keine Einladung empfangen zu diesem Abend. Anastasia Robinson wußte nur zu genau, daß auch der Fuß dieser stolzen Frau ihre Schwelle nicht überschreiten würde. Die arme Verlassene saß in eben diesem Augenblick in dem Boudoir der Lady Montagu, die, umgeben von Kisten und Schachteln, sich zur Reise nach Italien rüstete und in einem keineswegs tadellosen Negligé, mit aufgelösten Haaren, ihrer schweigsamen und zerstreuten Zuhörerin wieder und wieder die Schändlichkeiten Pope's zu schildern versuchte und Entwürfe zu neuen Schmähgedichten vorlas.

In der kleinen Gesellschaft, die den Salon der Geliebten Mordaunts füllte, entstand eine nicht geringe Bewegung beim Eintritt des Doctor Pepusch und seiner Frau, dem der deutsche Musiker Händel folgte. Auf seinen Arm stützte sich die Heldin des Abends — Lavinia Fenton. War sie schön? — Nein. Weder nach den allgemeinen Regeln der Schönheit, noch nach den Begriffen der Engländer, die ihre gefeierten Frauen hoch und üppig, goldlockig und blauäugig auftreten zu sehen gewohnt sind. Die Gestalt der jungen Sängerin ragte kaum über die mittlere Frauengröße hinaus, war aber von vollendetem Ebenmaß.

Sie war schön in der zarten Fülle und reizenden

Grazie ihrer Bewegungen. Unter dem Saume des bauschigen Kleides von leichtem Stoff schauten Füßchen hervor, um die jede Französin die Besitzerin beneidet haben würde. Der Kopf Lavinia's war edel in der Form und das Profil fein geschnitten. Das prächtige blonde Haar trug sie der damaligen entstellenden Mode zuwider tief im Nacken in einen Knoten geschlungen. Die Gesichtsfarbe Lavinia's war bleich und von jenem matten Weiß der Perlen, es war ein Ton, wie man ihn fast nie bei Blondinen und selten bei Brünetten findet. Die Augenbrauen von dunkelster Färbung bildeten die schönsten Bogen über den wunderbarsten Augen der Welt. Diamanten auf grauem Sammet blitzend, fragend, flammend, forschend, die Augen eines Weibes mit dem Blick eines Kindes. Glücklich war, der den ersten Strahl der Liebe von ihnen empfing, wer von diesen Wimpern die ersten süßen Thränen küssen durfte! Die Lippen waren fein und keusch, und doch zitterte ein so leidenschaftlicher Zug um diesen Mund; ihr Lächeln war heiter und sorglos, und doch lag eine so tiefe Melancholie in jener kleinen Falte zwischen den Brauen. Sie verneigte sich anmuthig vor der Versammlung und küßte ihrer Lehrerin mit dem Ausdruck inniger Zärtlichkeit die Hand, um dann mit ihr und der Durestanti in der Nähe des Instruments Platz zu nehmen. Auf dem Wege dahin geschah es, daß sie zufällig seitwärts blickte. Eine hohe Gluth überflog plötzlich ihr Gesicht. Wie nach einer Stütze griff sie nach dem Arm der Durestanti, der versengende Blick zweier Augen hatte sie ja getroffen, ihr junges Herz schlug mächtig, ihr Athem flog. Wie hatte sie erwarten können, ihm hier zu begegnen? — Und vor ihm, so nahe vor ihm, sollte sie jetzt singen?! Einige Augenblicke lang war ihr zu Muthe, als würde sie eher sterben, als in seiner Gegenwart auch nur einen Ton über die Lippen bringen; es war, als habe sie nie gesungen, als könne sie keine Note mehr lesen, kein klarer Gedanke tauchte mehr auf, sie sah auch nichts mehr klar, wie in einem feuchten Schleier zitterten Gestalten und Gegenstände vor ihren Augen. Fast mechanisch griff ihre Hand nach der kleinen Schnur, die sich um ihren Hals schlang, sie fühlte das Medaillon und plötzlich kam wieder Muth und Ruhe über sie. Mit leidlicher Fassung konnte sie nun auf die Fragen der Durestanti antworten und sogar einen Scherz erwidern. Nur die Erfrischungen, die man ihr anbot, wies sie zurück und vermied standhaft, nach jener Richtung, wo sie ihn stehen gesehen, den Kopf zu wenden. Ob er sich ihrer, des fantastischen Mädchens, das an jenem Abend im New Spring-Garden ohnmächtig in seinen Armen hing, und deren Hand er an der Kirchenthüre von St. Giles erfaßt, wohl noch erinnerte? — Wer weiß, ob er länger ihrer gedacht, als sie ihm vor Augen stand, während sie doch vom Morgen bis zum Abend, im Traum und im Wachen seine magischen Augen auf sich gerichtet sah, und diese Augen allein sie ja dazu gebracht, ein treues Herz von sich zu stoßen und unheilbar tief zu kränken. — Sie gedachte dieses verschmähten Herzens wohl noch voll Trauer; jenes treuen Freundes, der seitdem für sie und alle seine ehemaligen Freunde unsichtbar geworden war nach jener Scene in St. Giles, es schmerzte sie tief, ihn verletzt zu haben; aber nicht ein Hauch von Reue wehte über ihr Herz. Nicht ihn allein, jeden Mann der Welt hätte sie von sich stoßen müssen, nachdem seine Augen den ihren wieder begegnet, nachdem seine Finger die ihren umschlossen, das fühlte sie. — Und immer und immer wieder mußte er ihr in den Weg treten?! — Eben als Händel mit der Frage sich ihr näherte, was sie singen wolle und sie sich zur Antwort zu ihm wenden mußte, erblickte sie ihn hinter dem Sessel einer reizenden vornehmen Frau. War das sein Weib? Ein kalter Schauer durchflog sie. Er neigte eben den stolzen Kopf ein wenig und schien ihr aufmerksam zuzuhören. „Aber er soll jetzt mich und nur mich hören", rief es plötzlich in ihr. „Laßt mich die Arie aus Eurer Cäcilien-

Ode singen, von der Ihr selber sagt, daß ich sie jetzt singen könne“, bat sie leise und hastig. Der Meister nickte lächelnd und setzte sich an das Instrument. Sie trat an seine Seite, und die rechte Hand leicht auf die Lehne seines Sessels stützend, sang sie, träumerisch vor sich hinblickend, jene wunderbar süße Arie, „der Flöte sanfter Klageton“ u. s. w. Die ganze Pracht der jungen Stimme entfaltete sich in eben diesem bezaubernden Musikstück, und die tiefste, seelenvollste Innigkeit durchbebte jeden Ton. Wie eine Perlenschnur reihten sich die Läufer und Fiorituren auf, wie aus der Kehle einer Nachtigall schmetterte der Triller hervor. Mit stolzer Freude schaute Pepusch darein und die Hand Margarethens suchte heimlich die Hand des Gatten. Der Eindruck auf Alle war tief und mächtig. Die Augen Mordaunts versanken voll Sehnsucht in die feucht schimmernden Augen des geliebtesten Weibes, Kitty Queensbury seufzte tief und wandte ihr erregtes Gesicht Chesterfield, dem theuren Freunde zu, mit den leise geflüsterten Worten: „Sie ist die Glücklichste von uns Allen, ihr Herz kann singen!“ Die Anderen brachen in stürmische Rufe des Entzückens aus und umringten die junge Sängerin. Auch Paradisi schien so hingerissen, daß er seine gewohnte Vorsicht vergaß und der Erste war, der Lavinia's kleine Hände mit dem Ausdruck leidenschaftlicher Bewunderung küßte. Der junge Thomson machte heimlich Verse auf die Sammetaugen der Sängerin, Pope sprach in Reimen, William Bogie rief ein Mal über das andere Mal: „Keine andere Stimme als Lavinia Fenton ist würdig, unsere Polly zu singen!“ Selbst die Durestanti überschüttete das Mädchen mit Lob und küßte sie auf die Stirn. Aber ihre Lippen zuckten und ungestüm wogte ihre Brust. Es war auffallend, daß sie sich unmittelbar nach Lavinia's Gesang die Harfe bringen ließ und eine prunkvolle Arie des Hasse anstimmte. Wollte sie die Nebenbuhlerin zu Boden schmettern mit der Kunst und wilden Leidenschaftlichkeit ihres Gesanges?

Der Athem mußte den Hörern stocken bei diesen endlosen Trillerketten, bei diesen mit betäubender Schnelligkeit auf- und absteigenden Läufern, bei diesen, im tempo rubato vorgetragenen krausen wunderlichen Verzierungen. Man pries und bewunderte die Sängerin, als sie geendet, in der lebhaftesten Weise, aber es schien ihr dennoch nicht zu genügen, jener stürmische Beifall, ihre Stirn blieb umwölkt. Hatte sie vielleicht gehört, wie der unvorsichtige Paradisi dem deutschen Musikmeister zugeflüstert: „Lavinia Fenton wird die Erste aller Sängerinnen heißen, noch ehe ein Jahr vergangen; Ihr hattet Recht!“ Hatte sie jenen Blick des Herzogs von Belton aufgefangen, als Lavinia gesungen, der mehr sagte, als alle Lobpreisungen der Welt? Frank Belton hatte dem jungen Mädchen kein Wort gesagt, der Italienerin näherte er sich unbefangen, die gewohnte Sprache der Galanterie zu ihr redend. Nachher sah sie ihn aber hinter dem Sessel jener unbedeutenden Kleinen Platz nehmen, um diese Stelle den ganzen

Abend nicht wieder zu verlassen. Er schien zwar wenig und selten mit Lavinia zu reden, aber das Antlitz des Mädchens strahlte, und sie erschien so schön, daß selbst Händel ihre Nebenbuhlerin darauf aufmerksam machte mit den Worten: „Jetzt sieht die Kleine genau so aus, wie sie singt.“ Von jenem Augenblicke an haßte la bella Margerita Lavinia Fenton, und am Morgen, der diesem Abend folgte, hielt die Herzogin von Belton einen kleinen Brief ohne Unterschrift in der Hand, der in italienischer Sprache nur die Worte enthielt: „Hütet Euch vor einer Schlange, vor Lavinia Fenton, der kleinen Sängerin, sie wird Euch ein Herz rauben, das Euch theurer ist, als Euer Leben!“ — Der Herzog von Belton war es auch, der an jenem Abend das junge Mädchen an den Wagen der Herzogin von Queensbury brachte, die, entzückt von der Anmuth des jungen Mädchens, sich erboten hatte, sie nach Hause zu geleiten. Es war eine süße Fahrt, nachdem die Herzogin sie verlassen und sie in dem tiefen weichen Wagen allein durch die langen Straßen, über die schweigenden Plätze ihrem stillen Hause zurollte. So fest in die dunkele Wagenecke geschmiegt in die mondhelle Nacht hinein, und ungestört träumen zu dürfen, welch eine Wonne! Niemand konnte sie stören. Sie durchlebte jene entzückenden Stunden noch einmal, wo sie ihm hatte so nahe sein dürfen, wo sein Athem ihr Haar streifte, wo er leise zu ihr geredet, wo sie an seinem Arme eine lange, lange Treppe hinabgestiegen, langsam hinter der Herzogin, die mit Chesterfield vorausging, herschreitend. Zum Glück hatte auch diese, ihre neue gütige Schützerin, keine Eile gezeigt, den Wagen zu erreichen. Jedes Wort, das er gesprochen, wiederholte sie nun noch einmal, auch jenen Ton, mit dem es gesprochen worden, versuchte sie nachzuahmen. Hatte er aber so ganz Besonderes, Bedeutungsvolles zu ihr geredet? O nein. Er hatte sie nur ganz einfach gefragt nach ihrem Leben daheim, nach ihren Pflegeeltern und Studien, nach ihren Freunden; sie hatte ihm dann von Jamie erzählt, von Elisabeth, auch sogar von Magnus hatte sie geredet, sie wußte selber nicht, wie das kam. Es war ihr, als ob sie ihm und nur ihm eben Alles beichten müsse, als ob sie nicht den Schatten eines Geheimnisses haben könne vor seinen Augen, ja sogar ihr Gebet hätte sie ihm Wort für Wort hergesagt, wenn er es verlangt. Aber einen Namen hatte er ihr gegeben: „Sirene“ hatte er sie genannt! Sie war nicht sonderlich zufrieden mit diesem Namen, sie hatte ihm das auch scherzend gesagt. Wie oft hatte Papa Pepusch ihr jene Geschichte des Odysseus erzählen müssen, der trotz des süßen Gesanges an den seligen Inseln vorübersegelte, weil die listigen Lenker seines Schiffes ihn an den Mast gebunden, und sich selbst die Ohren mit Wachs verstopft. Wie gering war also im Grunde die Macht dieser Zauberin, sie konnte ja nicht einmal die einfachsten Bande lösen, noch Wachs schmelzen! „Ihre Macht ist gewachsen seitdem“, hatte er ihr lächelnd auf diesen Einwurf geantwortet, „es giebt in unseren Tagen keine Ketten mehr, die eine Sirene nicht zu zerreißen vermöchte, wenn sie wollte, aber die Sirenen selbst sind selten geworden. Ob zum Glück oder zum Unheil eines armen Irrfahrers, weiß ich nicht.“ „Umschließt der enge Raum dieses einen Zimmers nicht sogar zwei Sirenen, Anastasia und Durestanti?“ wagte sie hierauf zu sagen, obgleich sie die Antwort im Voraus wußte und mit heftig klopfendem Herzen erwartete. „Nein, nur eine Einzige sang heute, eine Einzige lebt in ganz London, in der ganzen Welt, sie heißt Lavinia.“ An alle diese süßen Dinge dachte sich's so bezaubernd in jenem Winkel im Wagen, und dann war's auch, wenn man die Augen schloß, als ob wirklich ein leiser betäubender Hauch ihre Wangen streife. Sein Hauch!

Morgen wollte sie wieder einmal zu Jamie gehen, zu dem armen kranken Jamie, dem Gespielen und Freunde, der nie krank sein wollte und dennoch täglich schwächer wurde. Sie sorgte sich so um ihn! Seit acht Tagen hatte sie ihn nicht gesehen, Elisabeth fürchtete jede Aufregung für ihn und hielt sie deshalb fern. Aber morgen wollte sie sich wirklich nicht mehr abweisen lassen, morgen mußte sie den Vertrauten ihrer frohen Kinderzeit sehen und sprechen. Es war ihr, als ob sie ihm unendlich viel zu sagen. Zu wem sollte sie ihr volles Herz tragen, als zu ihm?! Leise zog sie das verhängnißvolle Medaillon hervor, um es an die Lippen zu drücken. Dabei gedachte sie ihrer armen, leidenden Freundin, die es ja an jenem bedeutungsvollen Tage in ihre Obhut genommen. Mit größerer Zärtlichkeit denn je erinnerte sie sich plötzlich ihrer; die schönsten Weisen wollte sie ihr vorsingen am nächsten Morgen. Ach, sie hätte in diesem Augenblick Jedem, ohne Unterschied, etwas Liebes, Wohlthuendes erzeigen mögen, noch nie hatte sie so leidenschaftlich diesen Wunsch gehegt! Sie war so glücklich, die Welt, die ganze Welt sollte nun auch mit ihr glücklich sein.

Capitel XIX.

Abschied.

Motto:
„Es war Balsam geflüstert,
Es war Sonnenschein gesprochen."
Moore.

In derselben Nacht saß Elisabeth Thomas an dem Bette Jamie's voll schwerer Sorgen. — Der Doctor hatte sich zwar befriedigt geäußert über den Zustand des Kranken, aber Augen und Hand der Pflegerin fanden das Fieber heftiger, die Schwäche größer, die geliebten Züge verändert. Jamie war zum ersten Male den Tag über liegen geblieben und hatte keine Musik zu hören verlangt. Der Orgelspieler Magnus, der seinen ehemaligen Schüler in jenen Stunden regelmäßig zu besuchen pflegte, wo er ihn allein zu finden sicher sein konnte, war diesmal wieder leise davongegangen, ohne wie sonst das Spinett zu berühren. Er hatte nämlich den Kranken in tiefem Schlummer gefunden. Die Vorhänge des Lagers waren zurückgeschlagen, der Abendschein fiel auf die Kissen, der Herbsthimmel draußen stand in sanfter Gluth. Im kleinen Garten fielen leise die ersten welken Blätter von den Bäumen. Angehaucht von den rosigen Tinten des Lebens und der Gesundheit erschien so das schöne Angesicht des Schläfers. Die braunen Locken lagen feucht auf der reinen Stirn. Die unberührten Lippen schienen zu lächeln, die durchsichtigen Hände umschlossen eine verspätete Rose, die Elisabeth im Garten gepflückt. Magnus hatte ihn länger als sonst und ganz besonders ernst und schweigend betrachtet. Als er dann zu Elisabeth trat, die am Fenster saß, flüsterte er ihr zu: „Er sieht aus, als könne er direct in den Himmel fahren!" Ein seltsames Zucken lief über sein Gesicht, während er diese Worte sprach. Kaum hörbar antwortete sie: „Ich hoffe auf die Barmherzigkeit Gottes, die mir meinen Freund wohl noch eine kleine Weile lassen wird."

„Wozu? Was soll's? Was hat er auf der Erde? Was haben wir Alle?! Wir gönnen unseren Lieben den Eingang ins Paradies nicht, wir pflegen uns bei dergleichen Gelegenheiten wie die ungezogenen Kinder zu benehmen, die sich an den Rock der Mutter hängen und sie festhalten, wenn sie das Haus verlassen will. Wir wollen eben nicht allein bleiben, das ist Alles! Armseliger Egoismus."

„Jamie lebt gern!"

„Weil Ihr bei ihm seid! Habt Ihr nie daran gedacht, was aber aus ihm werden solle, wenn Ihr stürbet?"

Nein, daran hatte Elisabeth noch nie gedacht! Wie hätte sie auch aus einer Welt gehen können, in der Jamie noch lebte? — Eine lange Pause entstand. Der Orgelspieler wickelte gedankenvoll ein Garnknäuel ab.

„Meint Ihr nicht", fragte Elisabeth endlich mit unsicherer Stimme, „daß sich im Laufe der Zeit ein Mädchen gefunden haben würde, bereit, ihm, der so schön, gut und hülflos, Alles zu werden: ein liebendes Weib?“

Magnus lächelte bitter: „Fragt mich nicht, Ihr wißt, ich glaube an keine uneigennützige Frauenliebe. Wir Männer lieben ja auch meist um irgend eines Vortheiles willen, warum sollen also die Frauen anders lieben? Thörinnen wären sie, wenn sie's thäten und wir dankten es ihnen nicht einmal! Ich wollte ja das kleine tolle Ding, Ihr wißt es, die Lavinia, doch auch nur heirathen, um sie alle Tage zu sehen und zu hören, ich hatte eine ordentliche wilde Sehnsucht nach ihrem jungen Gesicht und nach der süßen Stimme, ich hätte weite Wege gehen, auch wohl eine Nacht aufbleiben mögen darum. Andere hätten das vielleicht „Liebe“ genannt, es war nichts als Selbstsucht. Und Lavinia? — Nun, sie wollte ihren phantastischen Wunsch befriedigen und ihren Grafen Königsmark sehen, da nahm sie mich denn als kleine Unbequemlichkeit mit in den Kauf. Gut ist's am Ende doch für uns Beide, daß sie mir am Trauungstage davon lief, ich sehe es jetzt ein. Besser ist's allezeit, derartige Dinge geschehen vor, als nach der Hochzeit, und geschehen mußten sie in diesem Falle einmal, das „Warum" wollte ich damals freilich nicht begreifen und habe es schwer begreifen gelernt. Anfangs hat es mich bitter gekränkt von ihr, ich glaube, ich war einen ganzen Tag lang so böse auf mich und die Lavinia, daß ich uns Beiden hätte mit Lust den Hals umdrehen mögen; dann habe ich aber einmal einen ganzen Tag lang Orgel gespielt und mich dazu in der Kirche eingeschlossen. Da war es denn am Abend ziemlich vorbei mit aller Noth. Jetzt könnte ich mit ihr umgehen wie sonst, meine ich zuweilen, wenn ich nur das erste Zusammensein mit all den Anderen überwunden hätte. Die Kleine selbst, wenn sie mir in den Weg liefe, würde ich jetzt festhalten, um ihr zu sagen: „Thut fein Abbitte und wir wollen wieder gute Freunde sein wie zuvor." Und Abbitte würde sie auch thun, darin kenne ich sie. Ein gutes Kind war sie doch immer und wird sie auch bleiben. Es war Narrheit, daß ich sie heirathen wollte, sie ist eben Keine, die man festhalten und vergraben kann, wie tausend Andere. Sie gehört in die Welt! Ich hatte kein Recht dazu, solche Stimme für mich behalten zu wollen. Niemand hat dazu ein Recht! Sie muß Sängerin werden zur Freude von Tausenden. Das fühlte sie eben selbst, und einzig und allein deshalb gab sie mir den Abschied. Ich konnte es nur lange Zeit nicht verwinden, daß die kleine Lavinia mir das Alles zu verstehen geben mußte durch ihr Davonlaufen und also klüger war, als ich alter Knabe."

Ob Elisabeth ihm wirklich zugehört, als er so sprach? Sie blickte nur dann und wann traurig und zerstreut zu ihm auf. Als er endlich schwieg, seufzte sie tief. Es war wohl nur der Name Lavinia, den sie festgehalten hatte und der jene lange Gedankenkette hervorrief, deren Schluß ein Seufzer.. Denn wie im Traume sagte sie nur vor sich hin: „Ich habe früher zuweilen daran gedacht, daß Lavinia und Jamie —"

Magnus unterbrach sie, indem er die Hand auf ihren Arm legte und fast heftig erwiderte: „Sprecht den Frevel nicht aus! Um Gotteswillen, welch ein Fiebertraum. Das wäre ja tausendmal schlimmer, als wenn sie das Weib des Orgelspielers Magnus geworden!“

„Aber wenn Jamie an der Nichterfüllung dieses Traumes zu Grunde ginge, wenn die hoffnungslose Liebe zu seiner jungen Freundin ihn tödtet? Denn ich glaube, daß er — sie liebt!“

„So laßt ihn sterben“, entgegnete er hart. „Ihr wißt, wie ich ihn liebe, aber um den Preis von Lavinia's Elend würde ich ihn nicht eine Stunde länger in meiner Nähe haben wollen. So grausam könnte nur ein Weib sein gegen ein Weib. Denkt Euch doch einmal recht lebendig die helläugige Kleine als das Weib eines Blinden! Und was bedeutet selbst die Qual einer hoffnungslosen Liebe gegen die Folter, sein Weib von Anderen bewundert zu wissen, ohne selbst ihre Schönheit genießen zu können, sich an jedem Morgen, an jedem Abend zu sagen: allen Anderen giebt Dein Weib wider ihren Willen mehr als Dir, ihrem Gatten. Laßt ihn sterben, sage ich Euch, dann wißt Ihr ihn geborgen vor allem Leid!"

In diesem Augenblick regte sich der Kranke und murmelte den Namen „Elisabeth". Sie war im Nu an seiner Seite. Der Orgelspieler drückte ihr nur noch stumm und flüchtig die Hand und verließ mit einem leisen: „Auf Morgen!" das Zimmer. Es war inzwischen Dämmerung geworden. Ach, Elisabeth hatte längst aufgehört, jene einst so gefürchtete Dämmerung zu fliehen, ihre Gedanken waren ja nicht mehr bei dem Todten, nur allein noch bei dem Lebenden. Ihr Dasein hing, sie wußte es, mit all seinen Fäden an dem zarten Jüngling, der da vor ihr lag. Sie konnte sich keine Existenz mehr denken ohne ihn, ihr Sein mußte abschließen mit jenem Tage, der ihn ihr raubte. Alles, was eines Weibes Herz zu lieben vermag, liebte sie in ihm. Er war gleichsam ihr Kind gewesen, war zu ihrem Bruder und Vertrauten herangewachsen und endlich — ja, sie mußte es sich gestehen — ihr Geliebter geworden. Seine Hülflosigkeit und Blindheit ließ sie nicht erröthen über diese Liebe, er sah ja nicht das alternde Antlitz, die ernste müde Stirn, die eingesunkenen Augen, und er brauchte sie ja, diese kleine schmale Hand, die ihn leitete und stützte, die ihm die Kissen rückte und immer, immer da war, wenn seine Hand sie suchte. Und wenn sie trotz dieser leidenschaftlichen Zärtlichkeit für ihn, trotz des Bewußtseins trostlosester Vereinsamung nach seinem Scheiden, dennoch zuweilen den ernsten Wunsch in sich aufsteigen fühlte, Lavinia möchte die Liebe Jamie's erwidern, so glühend und ausschließlich wie sie selber ihn liebte, so geschah das, weil eben in dem Herzen eines jeden liebenden Weibes etwas von jenem Heroismus lebt, der an den Muth der heiligen Märtyrer erinnert, von jener engelhaften Opferwilligkeit, die da spricht: „Nicht ich, Du und nur Du sollst glücklich sein!“

Dazwischen kommen freilich dennoch jene Stunden der Noth und wilder Qual, jene Schmerzen eifersüchtigen Verlangens, jene Kämpfe ohne Ende im Gedanken an den Heißgeliebten, den wir hingeben sollen an eine Andere, die ihn, o wir fühlen es so klar, — nie, nie so lieben wird, so lieben kann, wie wir ihn liebten, jene echte menschliche Furcht vor dem Dunkel unseres Lebens, jener Schrei nach eigenem Glück, der, allmälig verhallend, auf seinem letzten Hauche schon wieder die Bitte trägt: „Du, Du zuerst sollst glücklich sein!“

„Elisabeth!“

„Jamie!“

„Es war mir, als hörte ich Lavinia singen! Wie damals an jenem Abend, als sie zum ersten Mal von Händel jene Arie aus meiner Cäcilien-Ode sang. O, ich denke so oft an diesen Abend! Denkt Ihr auch daran?“

„Gewiß, mein Liebling. Aber rege Dich nicht

auf, Deine Hände brennen und Deine Wangen glühen. Wenn Du gesund sein wirst, sollst Du Lavinia in Wirklichkeit wieder singen hören."

„Wißt Ihr noch, was Ihr mir an jenem Abend sagtet?"

„Nicht mehr ganz genau." Ihre Stimme zitterte bei dieser Antwort. Sie hatte eine Lüge gesprochen. O, sie erinnerte sich jeder Sylbe!

„Nun, so will ich es Euch wiederholen, Elisabeth: Ihr gabt mir damals zur Antwort, als ich Euch fragte: „sang Lavinia nicht bezaubernd? — Ja, bezaubernd in der That, aber die Verse, die sie sang, waren noch bezaubernder — und es waren meine Verse, von denen Ihr das sagtet!"

„Jamie, möchtest Du Lavinia gern bei Dir haben?"

„Jetzt? — Nein, Elisabeth."

„Aber später — werde nicht unruhig, mein Theurer — später, für immer, meine ich. Kind, sage mir's in dieser Stunde, einmal mußt Du es ja doch: Liebst Du Lavinia?"

Der Kranke richtete sich mit wunderbarer Kraft im Bette auf. Sein schönes Gesicht überflog ein fast überirdisches Leuchten. „Was wollt Ihr mit dieser Frage, Elisabeth?“

„Dich glücklich wissen und sehen mit Lavinia.“

Er zuckte zusammen. Langsam wendete er den Kopf zu ihr. Seine Arme streckten sich nach ihr aus und legten sich leise und zitternd um ihren Nacken. Seine Stirn senkte sich auf ihre Schulter. Heftig hob sein Athem die Brust. Sie fühlte bei all diesen Zeichen tiefer Bewegung ihren Herzschlag stocken, die menschliche, die Schwäche des Weibes kam über sie, während sie das geliebteste Wesen der Welt in ihren Armen hielt und sein Geständniß, das längst gefürchtete, erwartete. Die Pause währte lange. Endlich sagte er kaum hörbar: „Ich sterbe, Elisabeth, und deshalb darf ich Euch Alles sagen, was ich sonst in meinem Herzen verschlossen gehalten haben würde mein Leben lang. Der Tod, sagt man, lüfte jeden Schleier und nehme alle Schuld hinweg, er wird auch die meine sühnen. Ich liebe, ich liebe mit einer glühenden, wahnsinnigen, verzehrenden, unbesiegbaren Liebe das herrlichste Geschöpf der Erde, meinen Engel, mein Licht — meine Mutter, meine Schwester — Euch, Elisabeth! — Nun kennt Ihr das Geheimniß meines Lebens und Sterbens."

Ein Schrei war die einzige Antwort auf dies Geständniß. Dann sanken Elisabeths Lippen auf die junge Stirn des Beichtenden.

„Zürnt Ihr mir nicht?" hauchte er ganz leise nach einer Pause. „Verdammt Ihr mich nicht, wie mich die Anderen verdammen würden, wenn sie von diesem Frevel hörten?! Ach, Elisabeth, es konnte ja nicht anders sein, ich mußte Euch und nur Euch lieben. Viele Schmerzen hat sie mir gebracht, diese Liebe, denn ich war sehr, sehr eifersüchtig auf — einen Todten — auf jenen Mann, der den köstlichsten Schatz der Welt, Euer Herz, nicht achtete, der es verwundete und von sich stieß. Ich glaube, diese tolle Eifersucht allein war es, die mich dichten lehrte. Ich konnte es nicht ertragen, daß Ihr seine Verse liebtet! Verzweifelte Schmerzen waren es, die mich verzehrten, wenn Ihr mir seine Gedichte gelesen! Wie spät ich erst den Muth fand, Euch die meinigen zu zeigen, wißt Ihr. Ich starb fast vor Erregung an jenem Abend, im Hause des Musikers, ehe ich wußte, ob sie Gnade finden würden vor Euren Augen. Ihr habt das Alles nicht geahnt. Seit jener, Eurer ersten Liebe, ist Euer Herz gestorben. Ihr seid wie die Engel, barmherzig gegen Alle, aber Ihr liebtet Keinen! Ihr waret auch gegen mich nur barmherzig. Wie könntet Ihr mich auch so lieben, wie ich es in meinem thörichten Herzen heimlich verlangte, wie ich es in meinen wilden Träumen schaute, Ihr, die Heilige, Ihr, die Schöne, Ihr, meine Mutter, meine Schwester, meine engelhafte Pflegerin! Elisabeth, wenn Ihr wüßtet, in welchem Sonnenlicht ewiger Schönheit Euer Bild vor mir steht! mit welchem trunkenen Entzücken ich es anschaue, wie ich Euch anbete, Ihr würdet mir verzeihen.“ — Er schwieg erschöpft. Sie fühlte ihn in ihren Armen beben. Da kam die Trunkenheit des Glücks voll und ganz über ihre Seele, die Jugend einer Achtzehnjährigen leuchtete aus dem Blick, den sie auf ihn heftete, in dem Lächeln, das jetzt ihre Lippen theilte.

„Aber ich bin nicht schön, Jamie, nicht jung“, flüsterte sie, zu ihm sich herabneigend, und endloser Jubel zitterte in diesem Ton.

„Ihr nicht schön, Ihr nicht jung?“ wiederholte er, den Kopf von ihrer Schulter hebend. „Soll i ch Euch beschreiben, wie Ihr ausseht? Soll i ch Euch sagen, wie oft ich im Geiste Euer goldenes Haar durch meine Finger rollen lasse, wie sternenklar Eure Augen über mir leuchten, wie zart Euer Antlitz mir erscheint, wie schlank und leicht Eure Gestalt?“

„Das ist Lavinia!“

„O nein! Lavinia ist ein Kind, sie ist wie der Duft — anmuthig, süß — den wir lieben, den wir aber nicht brauchen, um zu leben. Ihr aber seid Alles, was mir sonst fehlen würde: Licht und Wärme. Hört Ihr, Elisabeth, Ihr seid das Licht!“

„Aber Lavinia's Stimme?“

„Ist die Eure nicht tausendmal süßer, tausendmal gesegneter? War es nicht eben Eure Stimme, die mir am Grabhügel meiner Mutter zuerst sagte: „Weine nicht, Jamie, die Mutter ist im Himmel und glücklicher als Du und ich!“ Lehrte diese Stimme mich nicht zuerst ein ergebungsvolles Gebet sprechen an dem Todtenbette des Vaters? Hat mir diese Stimme nicht das Schönste zugetragen und das Heiligste, was die Dichter ersonnen, hat sie mir nicht Miltons Paradies und die Psalmen gelesen? Tief in meinem Herzen liegt sie gefangen, diese gesegnete Stimme und kein Ton der Welt, so bezaubernd er auch sein mag, kann diese Stimme, diesen Laut dort verdrängen. Sie besiegt sogar jenen herrlichsten Klang der Erde, die Stimme der Orgel, sie würde mich wecken aus tiefem Todesschlaf, wenn sie mich riefe, wenn sie mir ein Wort sagte — ein Wort, Elisabeth!“ — Er verstummte plötzlich und legte die Hand auf die kranke Brust. Er hatte leise, mit langen Pausen gesprochen und dennoch klopfte sein Herz jetzt so wild, daß ihre Finger, die auf seiner Schulter lagen, die Erschütterung empfanden. Halb ohnmächtig sank er von ihrer Schulter gegen die Kissen zurück. In Todesangst und höchster leidenschaftlicher Erregung neigte sie sich über ihn. Vergessen war jede Vorsicht, vergessen Alles — nur das Eine nicht: daß sie vor wenigen Minuten das Geständniß seiner Liebe vernommen. „Jamie, sei ruhig“, bat sie mit weichem, unendlich zärtlichem Ton, „sei glücklich wie ich. Sieh, ich liebe Dich ja wie Du mich liebst. Ist diese Liebe eine Sünde oder ein Wunder, ich weiß es nicht, aber sie ist da und Gott wird barmherzig sein! Du wirst nicht sterben, Du wirst genesen und wir werden uns nie trennen, nie, süßes Herz!

Ich lasse Dich nicht, auf Erden wie im Himmel, Deine Seele gehört mir, wir sind Eins geworden! Jamie, es konnte nicht anders sein. Viel habe ich um Dich gelitten, da ich glaubte, daß Lavinia Dein Herz gewonnen und dennoch, ich schwöre Dir, wollte ich Alles opfern um Dein Glück! — Nun ist Alles anders. Kein Opfer mehr — nur einzig Du und ich bei einander in Ewigkeit."

„Du und ich in Ewigkeit", wiederholte seine Stimme wunderbar laut und klar. Sein Antlitz leuchtete auf und wendete sich zu ihr hin, seine Lippen, diese feinen unentweihten Lippen glühten ihr entgegen. Leise sank ihr Mund auf den seinen. — Ein tiefer Seufzer, dann lehnte sich seine Stirn wieder an ihre Brust. Sanft lösten sich seine Arme von ihrem Halse und sanken auf die Decke. Die ungeheure Aufregung wich einer süßen Ermattung. Seine Augen schlossen sich. — Wie an jenem Abend, als sie ihn ohnmächtig in Frau Margareths Zimmer trug, hielt sie ihn fest an ihrem Herzen, aber mit welch anderen Gefühlen! Damals — o, wie kleinmüthig und verzagt, jetzt — wie stark und muthig! Nichts fürchtend, nur mit der einen seligen Ueberzeugung: Du und ich bei einander in Ewigkeit!

Wie leise er athmete, wie sanft er schlief! Ob sie ihn wohl in die Kissen zurück sinken lassen sollte? Nein, er könnte erwachen! Da blieb sie denn fast regungslos und die erregten Wellen ihrer Gedanken ebneten sich allgemach. Schon tauchte die Frage auf, wie ein scheuer, ängstlich umherflatternder Vogel: „Was nun weiter?“ Und dazwischen wieder das Gebet: „Gott lasse ihn bald genesen!“ Es war ein so köstliches Chaos von Lust und süßer Angst in ihrer Seele! — Wie still war es im Gemach, wie dunkel, immer dunkler! — Wie ein Traum sank es auf ihre Augenlider, schwer und immer schwerer. Es war, als ob Engelhände sie emporhöben mit dem Geliebten und sie durch die blaue Luft weit wegtrügen auf eine ferne selige Insel. Palmen rauschten, Quellen sprangen, süßer Duft quoll aus tiefen Blumenkelchen, weiß gekleidete, leuchtende Gestalten wandelten mit verschlungenen Händen auf und nieder und grüßten sie. Und Jamie's Augen waren auf sie gerichtet, nicht mehr blind, nein, warm und *sehend* — und sie selbst war wieder jung und reizend wie damals in jenem stillen Pfarrgarten, als die Rosen blühten und eine geliebte Stimme von Liebe und Glück zu ihr redete. Aber Jamie war es jetzt, der zu ihr sagte: „Hier sollen wir wohnen, hier werden wir bei einander sein immer und ewig, hier wird uns kein Neid, kein Spott erreichen, denn hier ist das stille Asyl aller Liebe, die auf der Erde keine Stätte fand.“ —

Da schreckte sie empor, erweckt von einem seltsam schrillen Ton, eine Saite war gesprungen auf dem Spinett Jamie's. O Gott, wie dunkel war es geworden! Und noch immer hing der Geliebte regungslos in ihren Armen! Der Mond kam aber jetzt und seine Strahlen gingen auf leisen Füßen durch das Zimmer und spielten mit der herabgesunkenen Hand Jamie's. Elisabeths Blicke hingen an ihr. Wie war sie so blaß! Die bösen Mondesstrahlen! Sie saugen wohl das Blut aus. Noch nie sah sie die geliebte Hand so blaß. Schnell einen Blick in das theure Antlitz, damit der kalte Schauer, der eben über Elisabeths Herz fuhr, verschwinde. Wie eine Mutter ihr schlafendes Kind, so sanft und vorsichtig legte sie nun den Geliebten in die Kissen zurück. Aber, was war das? Stirn und Wangen erschienen fast noch blässer als die Hand. Langsam breitete sich das Mondlicht mehr und mehr über die stillen Züge aus. Elisabeths Augen hefteten sich starr auf das junge Antlitz. War das wirklich Jamie, jener Jamie, der noch vor wenigen Augenblicken, wie sie wähnte, zu ihr so süß geredet? Er schien ihr seltsam verwandelt. Schön wie immer, ja fast noch schöner, aber doch so fremd und feierlich. Die blassen Lippen schlossen so fest aufeinander. Elisabeth schaute auf die Falten des weißen Gewandes. Bewegten sie sich noch auf und nieder wie sonst, wenn die Brust sich in ihren kurzen schnellen Athemzügen hob? Das zitternde Herz antwortete: Ja! die Augen aber sagten: Nein! Allein das Herz wollte ihnen nicht glauben. Eine kleine Frauenhand legte sich jetzt prüfend auf Jamie's Brust. Sie lag regungslos, sie wurde nicht leise auf und nieder gehoben, aber das Herz glaubte selbst dieser Hand noch nicht. Zwei Lippen neigten sich jetzt jenen blassen geschlossenen entgegen. Elisabeth küßte den Geliebten. Kein sanfter Druck begegnete ihrem Munde, kein Hauch, kein Zucken erwiderte ihren bebenden Kuß. Sie küßte wieder und wieder den kühlen Mund und immer heftiger, immer leidenschaftlicher. Sie nannte den Verstummten mit Lauten, wie sie nur die Liebe erfindet, und mit Namen, auf die nur die Liebe hört; sie strich ihm die Locken aus der Stirn, sie rief ihn, sie schrie auf, sie warf sich über ihn hin. Mit beiden Armen umschlang sie die regungslose Gestalt. „Jamie", jammerte sie, „ich bin es ja, die Dich ruft. Jamie! Elisabeth,

Deine Elisabeth ist's! Erwache! Höre, wie sie Dir wieder und wieder jenes eine Wort sagt: Ich liebe Dich! — Jamie, gieb mir ein Zeichen, daß Du mich hörst, wenn ich Dir zurufe: „Du und ich bei einander in Ewigkeit!"

Und als diese magischen Worte ihn nicht erweckten, als Alles stumm blieb wie zuvor, so gräßlich und schauerlich stumm, da glaubte das arme Herz endlich, was es zu glauben so krampfhaft sich sträubte: Jamie Dryden war gestorben.

Capitel XX.

Ein Wiedersehn.

Die neue Oper, das wunderlichste Machwerk der Welt, zusammengeflickt wie der Mantel eines Bettlers, war wirklich durch die Gesellschaft der devils dozen vollendet. Bogie und Pepusch hatten die einzelnen Scenen musikalisch verbunden, die verschiedenen Volksmelodieen, Lieder, Zweigesänge und Chöre in die sanglichste Form gebracht, und das Einstudiren des Wunderwerks begann nun unter Sheridans und Bogie's besonderer Leitung. Auch Pepusch fand sich meist zu den Proben ein. Die Sänger, die das Theater Sadlers Wells lieferte, waren freilich nur mittelmäßig, aber der Hauptheld, der kühne Räuber von Islington, war ein schöner und feuriger junger Mann, und seine Stimme durchdrang das Haus bis in die fernsten Winkel. Die größte Wirkung aber mußte die Figur der Polly Porchum hervorbringen, ein Geschöpf voll engelhafter Unschuld und Reinheit, inmitten einer Bevölkerung der Gefängnisse von Newgate. Und Lavinia Fenton sang und spielte die Polly. Es währte dennoch geraume Zeit, ehe Lavinia sich entschloß, die Rolle wirklich zu übernehmen und zu studiren. Der Tod Jamie's hatte sie tief erschüttert. Heiß weinend und außer sich hatte sie die Hände des theuren entschlafenen Gespielen geküßt und ewigen Abschied von ihm genommen. Ihre Seele konnte den Gedanken nicht fassen, ihn nie wieder zu sehen, nie mehr ihre kleinen Geheimnisse und Triumphe mit ihm zu theilen. Sie verbrachte, als man ihn davon getragen, fast den ganzen Tag, mit Ausnahme ihrer Singstunden, in dem Stübchen der armen Elisabeth, dieser rührendsten Statue trostlosesten und doch schweigenden Schmerzes. John Beswik und Pepusch sorgten sich, jeder in seiner Weise, beim Anblick dieses Schmerzes um das geliebte

Kind und versuchten, sie von jenem regelmäßigen, aufregenden Besuche abzuhalten. Vergebens. Sie schien nichts anderes zu denken als Jamie, nicht anders Ruhe zu finden, als bei Elisabeth. Mitten im Singen brach sie oft in Thränen aus und die Stimme verlor merklich an Fülle und Kraft, zum großen Entsetzen ihres Lehrers Händel. Stundenlang saß sie auf ihrem kleinen Schemel zu den Füßen Elisabeths und erzählte ihr von Jamie. Magnus, der Orgelspieler von St. Giles, war der Einzige, der, wie sie, täglich zur bestimmten Stunde die Pflegerin seines Lieblingsschülers besuchte. Es war ein wunderlicher Anblick, das Brautpaar jetzt so friedlich bei einander zu sehn. Als Magnus sie zuerst sah, hatte er freilich einen Augenblick mit bitterbösem Gesicht auf der Schwelle gezögert und dann sich langsam der Thür zugewendet. Da war aber Lavinia aufgesprungen, zu ihm hingeeilt und hatte hastig seine Hände ergriffen. Sie sprach kein Wort, sie zwang ihn nur, sie anzusehen, sie hing so lange mit den thränenvollen Augen an seinem runzelvollen Gesicht, bis er bezwungen war. Wie ein Kind, das seinem Vater Abbitte zu thun begehrt, ohne das rechte Wort finden zu können, stand sie vor ihm. Ganz leise sprach sie endlich den Namen „Jamie“ aus. Da war er denn geblieben und hatte sich neben Elisabeth niedergelassen — und seitdem trafen sie sich täglich neben dem Sessel der Dulderin. Elisabeth aber sprach nicht von dem Verlorenen, sie ließ sich nur von ihm erzählen. Empfand sie doch täglich und stündlich deutlicher zu ihrem Troste, wie mächtig und immer mächtiger er sie nachzog, wie ihre verlangende Seele sich mehr und mehr löste aus den Fesseln des Körpers; „ich fühle deutlich, wie mir Flügel wachsen“, sagte sie zuweilen, „aber ach, wann werde ich fliegen können?!“ —

Auf Frau Margareths heimliches Bitten redete sie aber endlich selbst dem jungen Mädchen zu, die Rolle, die man ihr zugedacht, zu studiren. „Jamie würde Dich auch darum gebeten haben“, sagte sie. „Du darfst nicht immer so bei mir bleiben, Du bist jung, und gehörst hinaus in die Welt, nicht in meine Todtenkammer. Denke daran, wie Viele sich Deiner freuen werden. Es ist eine verlockende Bestimmung, als Sirene die Menschenherzen zu bezwingen!“ — Sirene?! Welche Erinnerungen weckte dieses Wort! Ja, eine „Sirene“ wollte sie sein, aber nur für ihn, den Einen! Wie hatte sie das nur so lange vergessen können! — Mit Feuereifer gab sie sich wieder ihren Studien hin. Es war staunenswerth, mit welcher Leichtigkeit Lavinia Fenton ihre Aufgabe begriff und löste. Sie sang' und spielte zum Entzücken in den Proben und riß auch ihre Mitspieler und die Mitglieder des Orchesters zu den lebhaftesten Ausbrüchen der Begeisterung hin. Die Mitglieder der devils dozen hatten allein das Recht, diesen Proben beizuwohnen, und außer ihnen nur noch Händel und das Ehepaar Pepusch. John Beswik, der sich oft heimlich von dem Pflegevater seines Kindes beschreiben ließ, daß sie sich ganz so benehme wie die älteste Sängerin, nur tausendmal reizender sänge, und tausendmal lieblicher aussähe, wie sie Alle miteinander, konnte sich trotzdem nicht entschließen, seinen Liebling in der Probe zu sehen. „Ich warte bis zur Aufführung“, sagte er, „da sieht Niemand auf mich, da kann ich ungestört weinen, lachen und mich benehmen, wie mir's eben um's Herz ist. Denn ein wenig den Verstand verlieren werde ich wohl, das weiß ich im Voraus, wenn ich das Kind so sehe und höre und dabei an die arme Todte, ihre Mutter, denken muß, und ob sie mir auch nicht zürnt, daß Lavinia diesen Weg geht und daß ich sie gehen ließ.“ —

In einer dieser Proben war es, als Lavinia plötzlich ein erschreckendes Antlitz in ihrer Nähe erblickte. Sie sah den Träger jenes Gesichts, einen kleinen Mann in ungeheurer Perrücke, eben lebhaft auf einen Sänger losschreiten, der das Lied gesungen: „Wenn Ihr die Zeiten tadelt“. „Ihr habt meine Verse gut gesungen“, sagte er in einem harten stolzen Ton, „ich bin mit Euch zufrieden!“ An ihr vorübergehend, streifte er sie mit einem lauernden Blick. „Wer ist er?“ fragte Lavinia ihren Pflegevater.

„Der berühmte Dechant Swift“, ein großer Dichter und hochgelehrter Mann“, lautete die Antwort. „Er kam zur Aufführung der Bettler-Oper von Dublin nach London. Ich hoffe, Du wirst ihm gefallen.“

„Ich fürchte mich vor ihm.“

„Um so besser wirst Du singen!“

Eines Tages war die Probe früher als gewöhnlich zu Ende. Langsam wanderte das junge Mädchen durch die kühle Herbstnacht am Arme ihres Pflegevaters durch die Windungen der endlosen Straßen und Gassen heim.

„Wie geht es unserer kranken Nachbarin?“ fragte plötzlich Pepusch. „Du hast sie wohl vergessen über der armen Elisabeth.“

„Nein, ich war noch vor zwei Tagen bei ihr und sang ihr die hübschen Melodieen aus der Oper.

Sie ist nicht kränker als sonst, aber sie erscheint mir oft wie eine Flamme, die der erste rauhe Windstoß auslöschen muß. Ich will noch heute Abend hinüberlaufen, um ihr zu sagen, daß wir in vier Wochen die Bettler-Oper wirklich aufführen werden."

„Bleibe nicht lange aus, die Mutter sieht es nicht gern, wenn Du bei ihr bist, man sagt, sie sei eine Geliebte des Herzogs von Belton. — Aber mag sein, sie ist eine Sterbende und Du hast ihn nie bei ihr gesehen, Deine Stimme ist für sie Balsam, so geh nur immer hin. Dadurch geschieht Dir weder an Leib noch an der Seele ein Leid."

Todtenblaß war Lavinia geworden bei diesen Worten. Sie verstummte. Ein Schauer überlief sie. — So mag es wohl den ersten Frühlingsblumen zu Muth sein, wenn die kalte Hand des Reifs sie berührt. Einen Augenblick war es ihr, als müsse sie umkehren, sie konnte Stella jetzt — gerade j e t z t nicht sehen, im nächsten aber fühlte sie sich vorwärts gedrängt von einer unbekannten Gewalt: sie wollte sie selbst fragen, sie wollte aus ihrem eigenen Munde die Bestätigung dieser eben vernommenen Anklage hören und dann —? — Ja — was dann? Sie schaute wie in eine dunkle Gruft hinab. — Dann wollte sie vor allen Dingen das Bild, jenes unselige Bild in dem kleinen Medaillon vernichten, daß nichts mehr sie erinnere an den hellsten Lichtstrahl ihres ganzen Lebens.

„Ich komme vielleicht später nach Haus als sonst, sorgt Euch also nicht", sagte sie jetzt zu ihrem Pflegevater. „Ein Stündchen werde ich diesmal wohl mit ihr verplaudern."

„Du kommst doch sofort heim, wenn Du sie nicht allein treffen solltest, mein Kind, Du weißt, sie erwartet Dich immer nur des Morgens."

„Sorgt nicht!"

„Soll ich Dich hinaufbringen? Es ist schon dunkel."

„Nein, ich danke Euch! Ich kenne jede Stufe und jeden Tritt hier im Hause."

Sie nickte dem alten Musiker noch einmal zärtlich zu und ging die Treppe leise und sicher hinauf, ohne die Dämmerung zu fürchten. Sie fand die Thür des Flurs nur angelehnt. Der Ton fremder Stimmen schlug aus dem Wohnzimmer an ihr Ohr. Erschreckt blieb sie stehn und lauschte. Ihr Herz klopfte heftig. Sie erkannte die geliebteste Stimme der Erde. — Einen Augenblick nur schwankte sie und wandte sich wieder der Treppe zu. Im nächsten jedoch schlüpfte die zierliche Gestalt in das Schlafzimmer der kranken Freundin. Die Vorhänge, die das Wohnzimmer von diesem kleinen Raume trennten, waren herabgelassen, aber ein schmaler Streif, der offen geblieben, gestattete einen Einblick in das erleuchtete Zimmer. Lavinia näherte sich ihm und ihre suchenden Augen fielen auf die Gestalt des Herzogs von Belton.

So war es also doch wahr, was man ihr zugeflüstert und was zu glauben ihre Seele sich mit solcher Energie gesträubt?! Er liebte sie, diese kranke Frau! Um ihretwillen vernachlässigte er die Herzogin! Ein brennender Schmerz zog durch ihr Herz, eine unendliche Angst und Trostlosigkeit kam über sie. Gedanken über Gedanken, die sich untereinander „verklagten“ und wiederum „entschuldigten“, stiegen auf. In dem einen Moment fühlte sie, daß sie diese Frau hasse, wie sie noch nie ein Geschöpf gehaßt, wie sie nie wieder ein Geschöpf hassen werde, im nächsten Augenblick hätte sie ihr in die Arme stürzen mögen, der Glücklichen, der Gesegneten, die er liebte. Auf Leben und Tod kämpfte sie in diesen wenigen Augenblicken mit ihrer Liebe, aber die Liebe blieb Siegerin. Umsonst sagte sie sich: „Du hast ihn zwiefach verloren, äußerlich an sein Weib, innerlich an die Geliebte; nimm Abschied auf ewig von ihm!“ — sie konnte ihn dennoch nicht lassen. Sie hatte ihn ja nie mit der Hoffnung auf ein Besitzen und Erringen geliebt, er war nur das Licht ihres Lebens geworden, das fühlte sie jetzt, der Gedanke an ihn war ihre Sonne, ihn vergessen, aufgeben, hieße blind werden wollen. Und dann hörte sie doch noch eine leise Stimme, die da flüsterte: hoffe. Woher kommt er, dieser süße Hauch, dieses kaum hörbare Geflüster, bei dessen Laut ein rosiger Schein jenes Dunkel, das uns noch eben umfangen, warm und verklärend durchdringt? Wer schickte ihn uns, diesen Trost in allem Elende, diese geheimnißvolle Kraft, die uns emporhebt aus dem Staube, damit wir weiter leben und weiter lieben? Diese Stimme durchdringt, so leise sie ist, den Gewittersturm der entsetzlichsten Qualen und erweckt uns selbst aus der Erstarrung des Todes. Hoffe! — Süßestes Wort der Erde nach jenem einen: Ich liebe Dich! Hoffe! Himmlischer Klang! — Auch Lavinia's Weh wurde milder bei diesem Ton. War nicht Stella krank, rettungslos dem Tode verfallen? Mußte sie ihm, dem Geliebten, nicht entrissen werden in wenigen Monden, so fest seine Arme sie auch umschlangen? War ihr Leben nicht wie das Leben einer Blume am letzten Sommertage? Kam dann nicht eine Zeit, wo ihm, dem Beraubten, tief Trauernden, nach sanftem Trost verlangen mußte, wo er ihre Nähe vielleicht suchen würde, um mit ihr — die ja die Lebende gekannt und geliebt — von der Geschiedenen zu reden? Mehr begehrte sie nicht, nur ihn sehen — dann und wann — nur ihn reden hören, nur ihm irgend Etwas sein zu dürfen: Trösterin, Schwester, Magd — nur seinen Augen begegnen.

Ihre Blicke hingen jetzt an seinem ernsten Gesicht. Wie bleich und traurig sah er aus! Wie in tiefen Gedanken starrte er vor sich hin. Stella saß in einem Lehnstuhl, sie schien ungewöhnlich erregt. Auf ihren bleichen Wangen brannten dunkelrothe Flecken. Erst als er sprach, bemerkte Lavinia, daß noch ein Fremder im Zimmer war, ein hochgewachsener älterer Mann, von sanftem, melancholischem Gesichtsausdruck. Sie hörte ihn Godefroy nennen. Halbabgerissene Reden, deren Sinn das junge Mädchen nicht zu fassen vermochte, schlugen an ihr Ohr. Sie lauschte achtsam und immer achtsamer. Stella sprach ungewöhnlich heftig; mehrmals bat Belton vergebens, sich nicht aufzuregen, und legte auch wohl einmal, wie besänftigend, seine Hand auf die ihrige. Lavinia fühlte ihre Wangen glühen bei dieser Bewegung. „Es ist spät“, sagte er endlich, „meint Ihr nicht, daß es Zeit sei, aufzubrechen, Godefroy? Sie wird morgen krank sein, unsere Freundin, ich weiß es.“ Der Fremde erhob sich sofort, verneigte sich tief und schweigend und wandte sich langsam der Thür zu. Ein leiser Aufschrei entfloh den Lippen der Kranken, sie streckte ihre Hand nach ihm aus. „Noch einen Augenblick, Godefroy Kneller, theurer Freund meiner glücklichen Jugend“, bat sie fast zärtlich, „so dürft Ihr nicht von mir gehen, so nicht! Ihr zürnt mir, daß ich Euch und Euren rührenden Bitten widerstanden! — Konnte ich denn anders? Ihr bietet mir Haus und Heimath, Euren Namen! Ach, Godefroy, es war die erste Freude, die ich seit Jahren empfunden, als Ihr so zu mir spracht. Und doch hätte ich mich verachten müssen, wenn ich Euer Flehen erfüllt.

Was hättet Ihr an mir gewonnen? Ein krankes, gebrochenes Weib, das nur noch eine Sehnsucht kennt — die, zu sterben. Ich bereue mein verfehltes Leben, ich möchte sie mit tausend Opfern zurückerkaufen, jene schuldlose Zeit, wo ich Euch zuerst sah — —"

„Und dennoch würdet Ihr", unterbrach sie Godefroy heftig, „wenn Ihr noch einmal leben dürftet und jener Elende wiederum Euren Weg kreuzte — wenn Ihr die Wahl hättet zwischen mir und ihm — Euch zum zweiten Mal in seine Hände liefern, ich weiß, ich fühle es. Ihr könnt ihn bis zur Stunde nicht vergessen!"

„Habt Ihr nicht noch viel mehr gethan als ich, indem Ihr mir durch so viele Jahre hindurch Euer Herz bewahrtet? Habe ich Euch nicht auch unendliches Leid zugefügt und Ihr vergaßet mich dennoch nicht. Und Nichts als Leid war es doch, das ich Euch brachte! Jenem Manne aber verdanke ich doch auch Momente des Glücks, eines namenlosen Glücks sogar. Wie sollte ich ihn also so leicht vergessen?"

„O, Stella", sagte jetzt der Maler mit tiefer Bewegung und ergriff die überschlanke Hand der Redenden, „Belton, mein Freund, der Euch aufnahm, Belton, der Euch verbarg und schützte vor jenem Mörder Eures Leibes und Eurer Seele, er allein weiß, wie ich nach Euch gesucht und wie selig ich war, Euch endlich zu finden — selbst so zu finden. Ich habe ein langes einsames Leben gelebt mit dieser Hoffnung; aber ich vermag, nachdem ich Euch wieder gesehen, fern von Euch nicht weiter leben. Ich muß in Eurer Nähe bleiben. Ihr wollt nicht mein Weib werden, nun, so werdet meine Schwester. Zieht in mein Haus ein. Erlaubt, daß ich eine Reihe der Zimmer so einrichte, wie ich glaube, daß sie Euch eine angenehme Wohnung sind. Gestattet mir nur, an jedem Tage Euch sehen, mit Euch reden zu dürfen. Jene treue Hüterin meines Hauses, eine Anverwandte meiner Mutter, soll Eure erste Dienerin werden. Die Bilder geliebter Todten sollen die Wände Eurer Gemächer schmücken. Ihr werdet sicherer sein in meinem Hause vor ihm, dessen Begegnung Ihr fürchtet, dessen Blick Euch tödten würde, als an irgend einem Orte der Welt, denn ich werde Eure Schwelle bewachen, ich, Euer treuer Bruder! Glaubt mir, Ihr werdet Frieden finden."

Stella lehnte sich zurück. Ihre thränenvollen Augen begegneten voll seelenvoller Innigkeit dem Blick des tief ergriffenen Mannes. Eine Pause trat ein, Lavinia hörte die raschen Athemzüge der Kranken und den halb unterdrückten Seufzer des Herzogs, der in die Fensternische getreten war, die Stirn an die Scheiben pressend.

„Es ist vielleicht so, wie Ihr sagt", sagte sie offenbar mit großer Anstrengung, „ich werde in dem Asyl Eures Hauses, unter Eurem Schutze jene lähmende Furcht verlieren, die die Sorge des treuesten Freundes noch nicht von mir zu nehmen vermochte, jene Furcht, ihm zu begegnen, — ich nehme also die Ruhestätte an, die mein Bruder mir bietet."

Ein Leuchten flog über das Gesicht Godefroy's, aber kein Wort kam über seine Lippen. Seine Hände streckten sich nur zitternd nach jenen zarten Fingern aus, die mit Küssen und Thränen zu bedecken er schon seit Jahren sich so heiß gesehnt.

Da öffnete sich plötzlich geräuschlos die Thür. Nur Eine hörte es, nur zwei Augen starrten mit dem Ausdruck des Irrsinns dorthin. Leichenblässe überzog Stella's Gesicht, sie stieß einen erschütternden Schrei aus, Aller Blicke folgten der Richtung ihrer entsetzten Augen: — der Dechant Swift stand auf der Schwelle.

Wenige Minuten später und die Scene hatte sich seltsam verändert. Stella lag halb bewußtlos in den Armen ihres Peinigers. Lavinia, die in ihrem Versteck auf ihre Kniee gesunken war und Alles, was da vor ihren Augen vorging, nur halb begriff, faltete die Hände, zitternd in unendlicher Angst. Es war ihr, als müsse sie beten, daß diese Frau nie und nimmer wieder zum Leben erwache. In diesem Augenblick hatte sie Alles Andere vergessen, selbst die Gegenwart des Geliebten, alle ihre Gedanken nahmen nur den einen Weg: mit welchem Rechte trat dieser Mann, dessen abschreckenden Gesichtes sie sich sofort erinnerte, in das Zimmer ihrer unglücklichen Freundin.

Der Dechant hatte den Kopf gewendet und begrüßte mit einem ironischen flüchtigen Zucken der Lippen, das man kaum ein Lächeln nennen konnte, den Herzog. „Sieh da, mein werther Freund aus der Beswik-Schenke“, flüsterte er. „Darf ich Ew. Herrlichkeit bitten, mir jenes Glas Wasser vom Tisch herüber zu reichen für meine arme Frau und dann mich mit diesem Herrn bekannt zu machen.“ —

Der Herzog reichte schweigend das Verlangte, ohne den finstern Blick von ihm zu lassen. Swift tauchte die Finger in das Wasser und netzte die Schläfen und Lippen Stella’s, leise Worte in ihr Ohr flüsternd. Einen Moment war es, als ob die Kranke sich loszulösen mühte aus seinen Armen, er zog sie aber fester an sich und legte ihren Kopf an seine Brust. Da trat Godefroy Kneller rasch näher und sagte heftig: „Ich wünsche mich selbst mit Euch bekannt zu machen, Ihr seht Stella's Bruder in mir, bereit, sie zu schützen vor Euch bis zum letzten Athemzuge. Laßt also ab von Eurem Opfer, sofern Ihr nicht wollt, daß ich es Euch mit Gewalt entreiße."

Swift ließ seine Frau langsam zurück in ihren Sessel gleiten, ohne jedoch ihre Hand frei zu geben; dann wandte er sich zu dem Sprecher mit jener unnachahmlichen, nur ihm zu Gebote stehenden melancholischen Weichheit der Stimme: „Ich bitte um Euren Namen, Esther Johnston hatte keinen Bruder, als sie mein Weib wurde. Welches Recht habt Ihr, Euch so zu nennen. Wer gab es Euch?"

„Die reinste opferwilligste Liebe", fiel hier der Herzog von Belton ein, „ich bezweifle aber, daß eben sie in Euren Augen irgend ein Recht verleiht. Ihr seht hier Sir Godefroy Kneller aus Lübeck vor Euch, den wir mit Stolz unsern größten Maler nennen. Er hat Esther Johnston gekannt, ehe Ihr in ihr armes Leben tratet, als sie noch glücklich und sorglos in Temple Moore blühte und lachte, er hat sie damals geliebt und liebt sie noch heute, er bietet ihr eine Freistatt in seinem Hause, er beschwor sie, jenen Namen abzulegen, der sie nur an jahrelanges Elend erinnert, an eine Sclaverei voll Schmach und Schande — und sein Weib zu werden. Sie hat sich geweigert, Eure arme Gefangene, die lange, schwere Kerkerluft hat sie muthlos und scheu gemacht. Sie glaubt an keine Freiheit, sie verträgt das Licht nicht mehr. So weit habt Ihr sie gebracht, Dechant von St. Patrik, vielgefeierter, hochberühmter Dichter Swift."

„Aber Eure Macht ist nun, Dank dem Himmel, zu Ende", sagte Kneller, näher tretend, und seine großen Augen suchten funkelnd mit einem Ausdruck des Triumphs die Augen seines Gegners. „Vor wenigen Minuten hat mir Esther Johnston feierlich gelobt, als meine Schwester in mein Haus zu ziehen, sie will mir gestatten, sie auf meinen Händen durch jene vielleicht nur kurze Zeit zu tragen, die Ihr — Mörder, ihr noch gelassen. Sie gehört jetzt mir und keine Gewalt der Erde — und am wenigsten Ihr — wird mir diese Frau wieder entreißen. Esther Johnston floh vor Euch. Aus den Händen eines treuen Freundes, der sie bis zur Stunde beschützte, ging sie endlich in die Hände ihres Bruders über, der bereit ist, kein Mittel unversucht zu lassen, sie von Euch zu befreien."

Ueber das Gesicht des Dechanten zuckten die Blitze des Hasses, um gleich darauf einer Miene tiefster Zerknirschung zu weichen. „Ihr habt Recht, ich ließ sie leiden und habe sie verloren", antwortete er sanft, „aber ich suchte sie und würde sie gesucht haben bis an das Ende meiner Tage und das Ende der Erde, bis ich sie gefunden, um — ihre Verzeihung zu erflehen. — Weiter verlange ich ja Nichts mehr von ihr, ich habe alle

Anrechte an sie aus den Händen gegeben, ich weiß es. — Stella, Geliebte, öffne Deine Augen, sieh mich noch einmal an und sage mir, daß Du mir verzeihst."

Der Klang seiner Stimme war von einem seltsamen Zauber, verhaltene Thränen zitterten in jedem Wort. Langsam, wie durch unwiderstehlichen Zauber, hoben sich die Lider jener schönen Augen, die so viel geweint. Sie begegneten seinem Blick. Heftige Schauer durchflogen den zarten Körper, als sie ihn auszuhalten versuchte, Todtenblässe und glühende Röthe zogen über ihr Antlitz.

„Verzeihst Du mir?" flüsterte er.

Ihr Athem jagte, ihre Lippen bebten, aber sie neigte nur kaum merklich das Haupt, sie redete nicht.

„Kürzt diese Scene, wenn noch ein Funke von Barmherzigkeit in Euch lebt", sagte jetzt der Herzog ungeduldig. „Wir können ein längeres Gespräch mit der Kranken nicht gestatten."

„Und Ihr sollt sie nicht von Neuem umgarnen mit Euren trügerischen Worten und

Blicken“, fuhr Godefroy Kneller fort. „Esther Johnston ist Eurer Weib nicht mehr, sie hat sich freiwillig von Euch getrennt, um nie wieder zu Euch zurückzukehren.“

„Fürchtet Nichts, ich brauche keine stundenlange Frist, um das Herz Stella’s wieder zu gewinnen, ich weiß, es gehört mir noch. Ihr sollt Zeugen sein, daß ich nicht hierher kam, ihre Freiheit zu beschränken. Geh, mein Weib, mein ewig und einzig geliebtes Weib, Du hast ein volles Recht, mich zu verlassen. Fliehe von mir, überlaß mich den Qualen meines Gewissens, meiner trostlosen Einsamkeit. Ziehe ein in die neue Heimath, die sich Dir aufschließt. Es kommt eine Stunde, wo Du doch nach mir Deine Arme ausstrecken, nach mir rufen wirst. Ich werde es nicht hören und Du wirst zu mir kommen müssen und nicht nur vor diesen beiden Männern, sondern vor ganz England freiwillig zu mir zurückkehren — als mein Weib. Fürchte nicht, daß ich nach dem heutigen Tage noch einmal Deine Ruhe stören werde, frage auch nicht, wer mir den Weg zu Dir zeigte, Du wirst mich von dieser Stunde an nicht ohne Deinen eigenen Willen wieder sehen, Stella! Laß Dich's nicht kümmern, daß ich noch eine kurze Weile in London bleibe, die Aufführung der neuen Oper, an der ich einen kleinen Theil habe, hält mich hier fest. Am Tage nachher kehre ich nach Dublin zurück. Leb wohl, meine Stella, ich fühle — wir sehen uns wieder!“

Er neigte sich herab zu ihr und berührte leise wie ein Hauch ihr Haar, ließ dann ihre Hände frei, verbeugte sich mit dem Anstande eines Weltmannes vor den beiden Männern und verließ das Zimmer.

Mit einem tiefen Seufzer sank die Kranke von Neuem ohnmächtig zurück. Die Wärterin eilte auf den Ruf des Herzogs herbei. Fast in demselben Augenblick trat zufällig der Arzt ein, dessen Ausspruch die beiden Freunde im Vorzimmer mit nicht geringer Besorgniß erwarteten. Eine Stunde später war es still und leer im Krankenzimmer und nur Lavinia saß am Lager Stella's, ihre Hände mit

Thränen und Küssen bedeckend. Sie hatte sich aber erst hervorgewagt aus ihrem unfreiwilligen Versteck, als die Männer längst das Haus verlassen. Unter Schluchzen, in furchtbarer Erregung, gestand sie der Freundin, was sie gesehen und gehört und lauschte nun den leisen und abgebrochenen Worten Stella's, die ihr den Zusammenhang jener traurigen Geschichte zu geben versuchten.

„Ach, wenn die Liebe so viel Leid bringt, möchte ich nie lieben", sagte das junge Mädchen endlich ganz leise.

„Und hätte ich zehntausend Mal mehr gelitten durch die Liebe, als ich litt, ich gäbe keinen Tag dieser Leiden und Freuden hin um alle Lust der Welt", flüsterte Stella.

„Aber liebt Ihr ihn dennoch, den Mann, der Euch so elend machte, der Euch verrieth und Euer Herz mit Füßen trat?"

„Kind, frage nicht. Vielleicht wirst auch Du einst erkennen, daß eine Frau dem Manne auf wig angehören muß, um den sie so gelitten.

Capitel XXI.

Die Bettler-Oper.

Es war ein Tag wunderbarster Aufregung, jener Tag der endlichen Aufführung der Bettler-Oper, jenes seltsamen Etwas, zusammengeflickt aus den verschiedensten Stücken. Wochenlang verfolgte ganz London mit dem regsten Interesse die Proben. Nicht nur Musiker mühten sich, Einlaß zu erhalten, sondern auch Männer und Frauen aus den Kreisen der höchsten Aristokratie. Es gelang aber Niemand; die wunderliche Gesellschaft der devils dozen gestattete Keinem Eintritt. Man wollte London überraschen. John Beswik weigerte sich fortwährend, sein Kind vorher auftreten zu sehen, „ich werde warten bis zu jenem großen Abend“, sagte er und mühte sich, möglichst geduldig zu bleiben; aber noch nie waren seine

Gäste so mangelhaft bedient worden, als in jenen Wochen, die zwischen den Proben und der Aufführung der Bettler-Oper lagen. Der Wirth der Beswik-Schenke wurde bleich und mager und war über alle Maßen zerstreut. Wie oft lief er zu seinem Kinde, nur um Lavinia anzusehen und sie zu fragen, ob sie sich auch nicht ängstige. Es war ihm undenkbar, daß sie nicht Furcht empfinden sollte. „Ich würde mich lieber hinrichten lassen, als solches Zeug vor der großen Menschenmenge singen! Wie man es nur im Kopfe behalten kann!“ wiederholte er immer und immer. „Kind, gestehe es mir offen, wenn die leiseste Angst in Deinem Herzen lebt, wenn sie Dich etwa zwingen wollen durch Bitten oder Zureden, in ihrem Stücke aufzutreten, so sage mir's offen, ich bitte Dich. Weißt Du, was ich dann thun würde? Die Beswik-Schenke einem Andern überlassen und mit Dir und meinem Ersparten heimlich in die weite Welt gehen oder wohin Du sonst wolltest. Ich bin nicht arm, Lavinia, und ich liebe nur Dich in der ganzen weiten Welt, ich will nur Dich glücklich sehn — vergiß das nicht, süßes Herz!"

Auf solche und ähnliche Reden aber hing sie sich schmeichelnd an seinen Hals in alter Weise, wie sie es als Kind gethan, und versicherte ihm unter den zärtlichsten Liebkosungen, daß sie sich ja keinen Augenblick sorge, sondern vielmehr sich freue auf jenen Moment, wo sie allen Denen, die sie liebe, endlich zeigen wolle, was sie gelernt.

Ja, es war ein wunderbares Gefühl erwacht in der Brust des jungen Mädchens bei dem Gedanken an den Abend der Aufführung, ein glühendes Verlangen zu glänzen, zu siegen, hinzureißen, gefeiert und bewundert zu werden. „Sie sollen stolz auf mich sein, sie Alle, die ich liebe", sagte sie sich; im tiefsten Herzen aber redete eine Stimme: „Er soll stolz auf mich sein, er, den ich liebe!"

Seit sie Stella's Geschichte kannte, gab sie sich mit erhöhter Leidenschaft ihren Empfindungen für Belton hin. Sie dachte an ihn, sie träumte von ihm Tag und Nacht. Es waren jene unklaren köstlichen Gedanken und Träume, die wie Schmetterlinge, gleichsam ohne Ziel, in der blauen Luft umhergaukeln vom Heut zum Morgen. Lavinia lebte von einem Wiedersehn zum andern. Sie sah den Herzog in jeder Probe, sie hatte ihn auch zwei Mal bei ihrer neuen und gütigen Lehrerin Anastasia Robinson getroffen. Ein flüchtiges hastiges Grüßen, ein heißes Erröthen war Alles, — kaum wurden einige Worte gewechselt, dann ging er. Das junge Mädchen fühlte sich so seltsam unsicher ihm gegenüber. Sie grollte mit sich selber deshalb, sie bot alle Willenskraft auf, ihm entgegenzutreten wie allen Anderen, sie unternahm die wunderlichsten Uebungen deshalb — vergebens. Schauer von Unruhe, Bangigkeit, betäubende Freude wechselten in rascher Folge, sobald sie seine Augen auf sich gerichtet fühlte. Aber so blickten ja auch keine anderen Augen. Als könnten sie bis auf den Grund der Seele dringen und dort jeden Gedanken lesen — so erschienen sie Lavinia. Und es war, als müsse sie sich der Gedanken schämen, die diese Augen eben dort fänden, als wären sie alle zu gering und unwerth, von ihm gelesen zu werden. O sie hätte auf den Knieen Gott bitten mögen, sie so klug, so anmuthig, so schön werden zu lassen wie Keine — wenn er sie anschaute. Ob er sie dann lieben würde?! Ihr ganzes Wesen schlug in Flammen auf bei dieser Frage. „Nein, nein, nicht lieben!“ rief sie dann und barg ihr Gesicht in ihre Hände, „er darf es ja nicht! Es wäre eine Sünde! Nur lieben lassen soll er sich — heimlich und glühend von mir — in alle Ewigkeit. Und das darf ich.“

Lavinia hatte keine Freundin, der sie nach Mädchenart dies süßeste und qualvollste Geheimniß ihres Lebens hätte anvertrauen können. Sie war einsam aufgewachsen, ohne Gespielin, ihr Wesen hatte sich nicht zersplittert in all den kleinen Spielereien einer Mädchenfreundschaft, es war ihr kein Bedürfniß, sich auszusprechen, ihrem

Herzen gleichsam Luft zu machen. Jamie war todt, der treue Jamie, der Einzige, der den Anfang jener schwärmerischen Liebe kannte, der vielleicht später auch ihren Fortgang erfahren haben würde, und seine Stelle war leer geblieben in dem Herzen des jungen Mädchens. Mit Stella und Elisabeth hätte sie nimmer darüber zu reden vermocht, eben so wenig mit ihrer Pflegemutter. Einer war allein noch da, zu dem sie zuweilen eine tiefe Sehnsucht zog, ein Verlangen, ihm das leidenschaftliche Herz offen zu zeigen — ihr Vater. Sie hatte eine dunkle Ahnung, daß so viel Liebe allein ihre Liebe begreifen und verzeihen könne. — Aber das alles empfand sie bis zur Stunde nur in Gedanken; war er bei ihr, schaute sie in sein Gesicht, dann hätte sie doch um die Welt kein Wort über die Lippen zu bringen vermocht.

Erst zu den letzten Proben der Oper erschien John Gay, bleich wie ein von den Todten Erstandener, noch immer krank und matt.

Es war in der Hauptprobe, als Lavinia

zuerst in ihrem Costüm erschien, wenigstens in jenem kleidsamen weißen Häubchen, das sie im Anfang trug. Das Haar kunstlos zurückgestrichen, das Gesicht etwas bleich von Erregung — denn er lehnte ja hinter dem Sitz Gay's und wandte kein Auge von ihr — sah sie fremd und doch unendlich reizvoll aus. Die Probe litt eine Unterbrechung, John Gay wurde ohnmächtig und verließ, als er wieder zu sich gekommen, das Haus. Er wohnte der Vorstellung am nächsten Abend auch nicht bei, sein Platz, wie der Henry Carrey's, blieb leer. — Armer Carrey! Wer dachte wohl an Dich an jenem Abend! Sie gewiß nicht, um die Du in den Tod gegangen. — Lächelnd und prachtvoll geschmückt lehnte sie in ihrer Loge und das kostbare Bouquet an ihrer Brust hatte ihr königlicher Freund ihr kurz vor Beginn der Vorstellung selber überbracht.

Sadlers Wells strahlte in einem Meer von Licht. Es galt ja, zwei Wunderwerke: den neuen Saal Hogarths und die neue Oper zu beleuchten.

Und man staunte die Fresken an. Wie lebendig traten die Gestalten hervor, es waren eben echte Hogarthsche Gestalten voll Keckheit und Grazie, voll anziehender Häßlichkeit und warmer Schönheit. Man ließ der versammelten Menge Zeit genug zum Bewundern, ehe der Vorhang sich theilte. Ob aber viele von Denen, die da umherschauten, in jenen einzelnen, köstlich gezeichneten Figuren — sich selber erkannten? Ihre Bewunderung würde sich freilich dann sofort in Zorn oder Scham verwandelt haben beim Anblick ihrer wohlgetroffenen Conterfei's; denn nur Wenige konnten zufrieden sein mit der ihnen angewiesenen Stellung. In Göttergestalten hatte er zwar die meisten seiner Feinde und Freunde verwandelt, aber die niedrigen Arbeiten und Beschäftigungen dieser Bewohner des Olymps drückten ihnen den Stempel der höchsten Lächerlichkeit auf. Ein dreister Bursche war und blieb der Will Hogarth nun einmal, und das Schlimmste war, daß der Prinz von Wales selber die größte Freude hatte an seinen tollen Figuren und sich nicht satt sehen konnte an seinen kecken Blättern. Ja, man flüsterte sich sogar zu, daß seine Königliche Hoheit selber stundenlang in dem Atelier des Malers zubringe und mit ihm gemeinschaftlich jene Zeichnungen componire, welche die Sünden seiner aristokratischen Unterthanen in so vernichtender Weise geisselten. Mary Hervey, die sich als Circe, umgeben von einer sehr seltsamen Menagerie, erblickte, konnte deshalb auch nicht einen Augenblick hoffen, den „frechen Pinseler“ zur verdienten Strafe gezogen zu sehen — die Klugheit gebot, sich den Anschein zu geben, als ahne man nicht die entfernteste Möglichkeit einer Aehnlichkeit und Beziehung. Der Maler selbst saß wohlversteckt in einem dunkeln Winkel des Theaters hinter dem Platze Nelly Thorntons und flüsterte ihr allerlei heitere Erklärungen der Bilder zu; wenigstens trug das sonst so ernste Gesicht des Mädchens einen so hellen, schelmisch frohen Ausdruck wie nie. Sie selbst konnte freilich zufrieden sein mit der Verwendung ihrer Person. Sah sie sich doch als eine schleierverhüllte, schalkhaft lächelnde Muse, einer Knabengestalt einen Kranz hinhaltend. Der hübsche Bursche wand sich eben unter den Fäusten eines mit Schurzfell angethanen Meisters. Die eine Hand griff nach dem Kranze, während die andere sich vor den Schlägen zu schützen suchte, die auf ihn herab zu regnen schienen. — O du Goldarbeiter aus jenem dunkeln Gäßchen der City, wie gut, daß du so fest schliefest, daß dich Niemand mehr wecken konnte! — Dein boshaftes Gesicht mit den dicken Lippen war gar zu herrlich getroffen! Auch die Gruppe der devils dozen in der Beswik-Schenke war lebensvoll und charakteristisch in einem Winkelchen wiedergegeben. Der Stuhl Carrey's war von einer Geistergestalt besetzt, die die Züge des Toden trug.

Wie anders sah doch heute Nelly Thornton aus. Verschwunden war jene finstere Falte zwischen den Brauen, sie blickte auch nicht mehr zur Seite, wenn Will Hogarths muthwillige Augen die ihren suchten, sie hielt den Blick zwar auch noch nicht aus, aber sie senkte doch nur lächelnd und erröthend die Wimpern. Seitdem jener junge geheimnißvolle Gehülfe das Atelier verlassen, war es heller in Nelly's wunderlichem Herzen geworden, und dies Licht brach nun aus den Augen und verklärte die sonst so unschönen Züge. Will Hogarth, wenn du geduldig bist und langsam um dies stolze Herz wirbst, das nicht aus Dankbarkeit geliebt sein will, sondern aus — Liebe, so wirst du der glücklichste Ehemann aller Zeiten werden. Du wirst ein liebendes Weib und eine verständnißvolle Gefährtin dein eigen nennen. Nur sei behutsam, kecker Will. Manches Frauenherz will leiser berührt sein, als der Zephir das Blatt einer Lilie zu berühren wagt. —

Wie sie auf die kleine Lavinia gespannt war, und wie sie Alle mit Spannung die junge Sängerin erwarteten, von der Prinzenloge an bis herab zu Nelly Thornton. — In der entferntesten Ecke des ganzen Theaters saß John Beswik.

Der brave, ehrliche Schenkwirth litt Höllenqualen. Er hatte sich absichtlich fern von allen Bekannten einen Platz gesucht, Niemand sollte seine Angst und Unruhe sehen — aber auch Niemand seine Freude. Wäre sie nur erst erschienen, hätte er sie nur erst einen Ton singen hören! Die Minuten dehnten sich zu Jahrhunderten aus, und dennoch, als jetzt eine schrille Glocke das Zeichen zum Anfang der Oper gab, wünschte John Beswik noch am Anfang seines Wartens zu sein. Seine Zähne schlugen fast hörbar auf einander, kalte Tropfen standen auf seiner Stirn.

Aber wenige Minuten später war die Musik in vollem Gange, und die Gestalt seines Kindes gaukelte vor seinen trunkenen Augen auf und nieder, und die süßesten Töne, ihren Lippen entquellend, berauschten sein Ohr. Allein nicht nur *seine* Augen und Ohren entzückten sich — die große Menge schien diese seine Empfindungen zu theilen. Wie ein wilder Sturm brach sich der Jubel Bahn und durchbrauste das Haus. Alle Nummern der Oper wurden mit Enthusiasmus aufgenommen. Die Zuhörer waren wie in einem Rausch. Das Volk glaubte in dem ganzen Stück nur ein Spottgedicht auf die Regierung und vor Allem auf Sir Robert Walpole zu erkennen, dem gefürchteten und verhaßten Beherrscher des „Hauses" und durch dasselbe der Finanzen von ganz England. Man nahm die Räuber und Spitzbuben wirklich für verkleidete Darstellungen, der Minister und dies um so leichter, als auf der Scene eine Prügelei zwischen zwei Spitzbuben vorkam, die nur allzu lebhaft an eine ähnliche, vor Kurzem zwischen den beiden Ministern Walpole und Townshend vorgefallene, erinnerte. Als Swifts satyrisches Lied gesungen wurde, in welchem von Laster und Bestechung die Rede ist, wandte sich das ganze Publikum, nebst den singenden Schauspielern, Sir Robert Walpole zu, dessen hohe Gestalt sich in der Nähe der prinzlichen Loge zeigte, und verlangte die Wiederholung der Arie. Nachdem sie zum zweiten Mal gesungen war, erhob aber der gefürchtete Minister selbst seine gewaltige Stimme und verlangte sie zum dritten Mal. Welch ein Jubel brach nun los, welch tolles Jauchzen! — Es währte lange, bis die süße Stimme Lavinia's wieder wie eine flügelschlagende Nachtigall über dem wüsten Lärm schwebte, um ihn endlich zu besiegen. Und nun lauschte man mit erneuter Aufmerksamkeit den satyrischen Gesängen. Lebhaften Beifall fanden „Die Moden des Hofes", von Lord Chesterfield stammend, das tolle Lied „Spieler und Juristen sind Beide Schelme", sowie die kecke Arie „Wenn Ihr die Zeiten tadelt", die man Pope und Swift zuschrieb. Mitten unter diesen oft dreisten Worten und wilden Gestalten bewegte sich Lavinia Fenton mit der Grazie und unschuldigen Sicherheit eines Kindes. Sie sang bezaubernd. Die Fülle und Beweglichkeit ihrer Stimme erregte Staunen und Bewunderung, ihre Erscheinung aber, ihr süßes und zugleich vornehmes Gesicht, ihr Blick und Lächeln Begeisterung. Sie bewegte sich ohne jede Befangenheit — und dennoch war sie in den ersten Zwischenacten einer Ohnmacht nahe vor Unruhe und Beklommenheit. Sie flüchtete sich in den dunkelsten Winkel. Das wilde Klopfen ihres Herzens raubte ihr fast die Besinnung. Was war es denn, das sie so tief bewegte? — Sie hatte ihn gesehn — ihn, den ihre Augen vom ersten Schritt, den sie hinaus auf die Bühne gethan, doch allein gesucht. Und wo hatte sie ihn gefunden? In der Nähe der prinzlichen Loge, neben dem Sessel einer blassen schönen Frau, deren große Augen sie aber so unbarmherzig, so kalt, so durchdringend verfolgten. „Sie scheinen sich wieder versöhnt zu haben, man sieht sie wunderbarer Weise bei einander, den Herzog und die Herzogin von Belton", hörte sie in dem Zwischenact einen Schauspieler sagen. Und doch sah er so finster, so unsagbar traurig aus. Auch sein Blick ließ nicht von ihr, sie fühlte ihn wie Flammen, die sie zu verbrennen drohten. Aber wenn Alle jubelten, gab er allein kein Zeichen des Beifalls; unbeweglich wie eine Statue saß er da, ein wenig zurückgeneigt, die eine Hand lässig auf die Lehne des Sessels seiner Gemahlin gestützt, die andere zuweilen an die Stirn pressend. Es waren noch Andere in der Nähe dieses Paares, reich gekleidete Frauen, elegante Männer; die Herzogin redete lebhaft mit Allen, die beiden Gatten allein wechselten kein Wort mit einander. Welche Empfindungen bestürmten das arme junge Herz! Wie Lavinia sich auch sträubte, alle ihre Gedanken wurden übermächtig immer und immer wieder hingezogen zu dem einen Punkt. Der Musik erinnerte sie sich fast nur mechanisch, sie sang wie im Traume. Ach, ihn so düster und unglücklich zu sehn — und sich so machtlos zu fühlen solcher Trauer gegenüber! — Was hätte sie in diesem Augenblicke opfern mögen, um diese Lippen lächeln zu sehn, um diese Stirn zu erhellen. Sich selber? — O Gott, viel tausend Mal — und Alles, was ihr Leben erheiterte und beseligte bis zur Stunde. Auch ihre heilige Kunst? — Sie gerieth für einige Augenblicke in Verwirrung bei dieser Frage. Nein — Alles — nur ihre geliebte Kunst nicht! Jenes Gelübde, das sie diesen Morgen noch ihrem Pflegevater und Lehrmeister gegeben, der heiligen Musika treu zu bleiben, sie konnte, sie wollte es nimmer brechen um einer Liebe willen, von der die Menschen sagten, sie sei flüchtig wie der Frühling, vergänglich wie der Duft eines Veilchens!

Und wie süß war es doch auch, die Augen dieses treuen Pflegevaters feucht schimmern zu sehen, als er nach dem ersten Acte zu ihr kam, und aus seinem Munde dann die Worte zu hören: „Du wirst sie Alle in den Staub singen, denn Du bist eine Nachtigall mit Adlerflügeln, Gott segne Dich!“ Ach, und das königliche Antlitz Händels, wie es strahlte und wie ihr Herz erzitterte vor stolzer Freude, als er seinen Arm um sie schlang und laut ausrief: „Ich bin stolz auf meine Schülerin!“ Wie wirkungslos verhallten dagegen jene zahllosen, süßen Schmeichelreden, die man der jungen Sängerin von allen Seiten zuzutragen sich beeilte. Nur um solcher Worte willen lohnte es sich zu leben und — zu leiden.

Die Oper war zu Ende. — Das erregte Publikum verlangte noch einmal die Sänger zu sehen. Sie erschienen auf der Bühne. Zu Lavinia's Füßen fiel ein Strauß nieder. Sie hob ihn auf. Wer ihn geworfen — Niemand hatte es wohl beobachtet. Das Herz des jungen Mädchens allein wußte es, und vielleicht — noch eine Frau, die jetzt am Arme ihres Mannes langsam und stolz getragenen Hauptes die Loge verließ. Er selbst wendete noch einmal den Kopf nach der Bühne, und wie ein Blitz trafen seine Augen die Augen Lavinia's. — Eine glühende Röthe stieg in ihre Wangen. Verwirrt wendete sie sich ab. Aber — o mein Gott, — was war das, — wen erblickte sie dort, bleich wie eine Leiche, geisterhaft, in schlichte schwarze Gewänder gehüllt, neben der Gestalt des Dechanten von Dublin? Die junge Sängerin traute ihren Augen nicht. War es denn möglich, konnte ein weibliches Herz wirklich so verzeihen, so lieben? — Sie vermochte ihre Augen nicht von dieser Gestalt zu lösen, fast mit dem Ausdruck des Entsetzens blickte sie zu ihr hin. Ja, es war kein Zweifel, sie erkannte deutlich das üppige Haar, das in schweren kurzen Locken auf die Schultern fiel, den schwarzen Schleier darüber, das todt kranke süße Gesicht, das jetzt so traurig lächelnd zu ihr hin grüßte, — es war Stella Swift. Armer Godefroy! All deine Liebe konnte sie also nicht halten. Sie liebte eben nur Einen, und du warst nicht dieser Eine. Du wolltest sie auf den Händen durchs Leben tragen, und er lockte sie zu sich, um sie zu zertreten. Sie wußte das auch, sie erwartete ihren Tod, sie erwartete neues Elend, neuen Jammer; aber sie mußte dennoch zu ihm gehen, denn sie liebte ihn. —

Als die Schauspieler, die dunkle Hintertreppe hinabsteigend, vor dem Hause anlangten, sahen sie sich von einer dichtgedrängten Menschenmenge umgeben, die ihnen wiederholt laute Zeichen des Bei=

falls gab. Lavinia blieb, ihren Strauß fest an die Brust drückend, erschrocken stehen. Vergebens versuchte der alte Pepusch, ihr Bahn zu brechen, das Gewühl wurde immer größer. Da drängte sich eine Gestalt hastig und gewaltsam durch die Menge, mit kräftigen Armen jenen Strom theilend. Im Scheine der Windlichter erkannte Lavinia den Ankommenden und stieß einen Freudenschrei aus. „Vater, guter Vater!“ rief sie bewegt. Im Nu war er an ihrer Seite, hob sie auf seine Arme und trug sie ihrem Wagen zu. „Mein Kind, mein Stolz!“ das waren die einzigen Worte, die er über die Lippen brachte, aber Lavinia fühlte, als sie, ihre Arme um seinen Hals schlingend, den Kopf auf seine Schulter sinken ließ, ihre Wangen von seinen Thränen bethaut. Sanft und sorgsam hob er sie in den Wagen, wo sie sich am Herzen ihrer Pflegemutter wieder fand. John Beswik stand noch am Schlage, als sie sich aus den Umarmungen der Frau Margareth löste. „Vater, warum seid Ihr nicht hier im Wagen bei uns? Wartet Ihr noch auf Papa Pepusch? — Der ist mit Händel voraus gegangen, als er mich in Euren Händen sah."

„Darf ich denn mit Dir fahren? Schämst Du Dich auch Deines alten, unwissenden Vaters nicht, der gar nichts davon versteht, was Du gesungen, der Dir nur zuhören möchte Tag und Nacht, bis an sein Ende?"

Statt aller Antwort umfaßte sie seinen Kopf mit dem linken Arm und zog ihn leidenschaftlich an ihre Brust. Im nächsten Moment saß er ihr gegenüber und der Wagen rollte fort, dem stillen Hause in Street zu. —

„Bist Du nun glücklich, Lavinia?" fragte John Beswik einmal ganz leise sein Kind.

„Ganz glücklich", antwortete sie und senkte ihr Gesicht in den duftigen Strauß. —

Ein glückseliger Abend folgte diesem ersten Debut. Einen fröhlicheren Kreis hatte Frau Margareth noch nie um ihren kleinen Tisch versammelt, so heiter war Händel noch nie erschienen, so witzig und übermüthig hatte sie ihren eigenen Mann noch nie gesehen. Beswik war still, aber sein Gesicht leuchtete fast wie verklärt. Er saß neben Lavinia und berührte dann und wann verstohlen ihre kleinen Finger oder auch nur ihr Kleid. Auch ihr Glas, woraus sie getrunken, führte er einmal heimlich an die Lippen, und mit einer kleinen Sammetschleife, die sich von ihrem Ärmel gelöst, trieb er eine seltsame Abgötterei. Er küßte sie verstohlen! Wie man aber ein Band küssen kann, das begreifen freilich nur jene seltsamen Menschen, die man — Liebende nennt.

Vor Lavinia stand ein Glas mit dem Blumenstrauß. Dann und wann neigte sie sich tief über denselben und berührte die Blumen mit ihren Lippen und Augen.

„Wer mag wohl unserer Kleinen diese Huldigung dargebracht haben?“ — fragte Händel einmal.

„Gewiß eine Frau“, bemerkte Pepusch mit schlauem Lächeln. „Ein Mann kommt nicht auf solche wunderliche Gedanken! Wie denkst Du darüber, Kind?"

„Ich denke gar nicht", antwortete die kleine Lügnerin, „und freue mich nur über die Blumen. Sieh, Papa, hast Du schon je schönere Rosen gesehen? Und jetzt blühen doch da draußen keine Rosen mehr?"

John Beswik schwur bei allen Göttern, daß nie auf der Erde eine Rose aufgeblüht, die sich auch nur im Entferntesten mit dieser messen könne, die Lavinia's kleiner Finger eben berührte.

Heut schonte der Doctor Pepusch jene alten, edlen Weine nicht, die in seinem Keller lagen, und Lavinia mußte tapfer mitnippen. Sie that es mit ihrem reizendsten Lächeln und strahlenden Augen. Händel brachte auch einen feurigen Trinkspruch auf seine Schülerin aus. „Das nächste Mal singt sie in meiner Oper!" rief er. „Versprecht es mir, Lavinia! Nicht wahr, Ihr ahnet heute, daß es nur Eines giebt, was das Leben erhellt und ausfüllt, nur eine Sonne für das Menschenherz: die Kunst.“ —

Ehe Lavinia zu antworten vermochte, klangen verworrene Laute von der Straße herauf. Sie lösten sich in einen frischen, feurigen Gesang.

Pepusch öffnete das Fenster. „Wahrhaftig, ich glaube, da stehen die tollen Bursche der devils dozen. Sie bringen der kleinen Sängerin ihren Dank. Händel, hört einmal zu, das Ding ist ganz hübsch ausgedacht. Der Doctor Bogie hat es sicher gemacht! Lavinia, komm hierher, den Lohn, Dein Schelmengesicht zu sehen, wollen wir ihnen doch gönnen. Eine vornehmere Gesellschaft wird wahrscheinlich nie wieder unter Deinen Fenstern singen.“

Das junge Mädchen erhob sich. Wie sie zitterte und bleich geworden war. Aber den Blumenstrauß nahm sie doch aus dem Glase und hielt ihn fest in der Hand, während sie neben Frau Margareth am offenen Fenster stand und hinabschaute auf jene verhüllten Männergestalten, die im Scheine von Fackeln, die von Dienern getragen wurden, ihren Gesang fortsetzten. Es war ein Lied zum Preise einer süßen Nachtigall. Einzelne Worte nur konnte man verstehen. Es waren wirklich die Mitglieder der devils dozen. Aber die wunderliche Gesellschaft war nicht vollzählig. Gay und Swift fehlten.

Frau Margareth bemerkte es sogleich und theilte diese Wahrnehmung flüsternd dem jungen Mädchen mit. Lavinia hätte es nimmer bemerkt! Sie sah ja überhaupt nur eine einzige Gestalt, alle andern versanken in Nacht und Nebel, waren nicht da. Ein kleiner grauer Hut mit lang herabwallender Feder stand so wunderschön zu dem kühn geschnittenen Profil. Und von Zeit zu Zeit erhob sich dieser Kopf und das Licht der Fackeln erschien dann dunkel gegen das Licht dieser Augen, die sich nun auf Lavinia richteten. Und sie wich diesmal diesem Blicke nicht aus, sie ließ sich versengen, sie fühlte diesen süßen Schmerz bis ins innerste Herz hinein, und drückte nur bebend und wie im Fieber erschauernd ihr Gesicht in den Strauß. Und als der Gesang sich in den Ruf: „Lavinia Fenton, für immer!“ auflöste, und man die Fackeln schwenkend sich zum Fortgehen rüstete, ließ Lavinia ihr weißes Tuch wehen — Frau Margareth selbst hatte es so gerathen, — und neigte sich dabei grüßend über die Fensterbrüstung. Sie verschwanden allmälig in der Dunkelheit, die verhüllten Gestalten, nur Eine schien zu zögern, aber Niemand sah das als: zwei Mädchenaugen.

Die Anderen saßen schon längst wieder am runden Tisch, in musikalische Gespräche vertieft. Frau Margareth plauderte mit John Beswik von dem Kinde. Sie war so selig über den Triumpf der „Kleinen“, — in diesem Augenblick hatte sie die zerstörten Heirathspläne völlig verschmerzt. „Lavinia, es ist kühl, schließe das Fenster und komm zu uns!“ gebot die Besorgte endlich. Das Mädchen gehorchte. Der Strauß stand wieder im Glase, aber — ohne Rose. —

„O weh, mein Liebling, Du warst unvorsichtig,

Du hast Deine Rose verloren", sagte John Beswik. „Warum nahmst Du auch den Strauß mit an das Fenster! Aber sei nicht traurig, ich bringe Dir morgen eine ähnliche, und sollte ich ganz London durchlaufen für mein Kind."

In der Nacht schlief Lavinia nicht. Waren es die Mondesstrahlen, die so hell auf ihre Decke fielen und die Blumen beleuchteten, die dort lagen? Waren es die Blumen selber, mit ihrem feinen, berauschenden Duft? Oder ließ die Erregung des erlebten Triumpfes sie nicht ruhn? War es das ungestüme Pochen ihres Herzens, und ihre süßen und doch so bangen Gedanken? Sie wußte es nicht. Erst gegen Morgen sank sie in einen unruhigen Schlummer. Verworrene Träume ängstigten sie. Sie sah ihn, er hielt die verlorene Rose in seinen Händen und reichte sie ihr hin. Aber, als sie die Blume zu ergreifen sich mühte, streckte sich die weiße Hand jener schönen, stolzen Frau mit den unbarmherzigen

Augen danach aus, riß sie hinweg, warf sie auf den Boden und zertrat sie. Dann sah sie ihn, den Geliebten, bleich und krank, aber neben seinem Lager stand wiederum jene Frau, sah finster und drohend nach ihr hin und wehrte ihr, sich ihm zu nahen. Oder sie selbst sah sich auf der Bühne, sie hörte sich singen und Händel schwang den Tactstock dazu. Und dazwischen fragte er: „Ahnt Ihr nun, daß es nur eine Sonne giebt für Herz und Leben: die Kunst?" — Ganz leise aber nannte dann eine andere Stimme, deren Laut ihre Pulse fiebrisch schlagen ließ, ihren Namen, aber sie durfte sie ja nicht hören, diese Stimme, sie mußte singen, lauter und immer lauter, bis sie jenen Ruf übertönte und Händel endlich den Tactstock niederlegte mit den Worten: „Ich bin stolz auf meine Schülerin!"

Als Lavinia am Morgen erwachte, brachte man ihr einen kleinen Brief von unbekannter Frauenhand. Sie öffnete ihn hastig, eine bange Ahnung beschlich sie. Er trug die Unterschrift: „Stella Swift". Ein zierlich gearbeitetes goldenes

Herz an einem schwarzen Bande fiel ihr entgegen, sie hatte es immer am Halse der unglücklichen Frau gesehen. Unwillkürlich drückte sie es zärtlich an ihre Lippen. Dann las sie folgende Worte:

„Lebt wohl, meine süße Trösterin, lebt wohl, meine Nachtigall, und gedenket meiner. Ich verlasse London und Euch, und Alle die mich lieben. Es ist gekommen, wie Er es gewollt hat. Ich kehre zu ihm zurück. Seit seine Augen wieder auf mir ruhten, kann ich nicht anders. Vergessen ist Alles, was ich litt, neue Kraft erfüllt mich, ich weiß, ich werde sie gebrauchen, diese Kraft, nicht zu neuem Glück, sondern zu neuem Leid. Betet für mich um einen sanften baldigen Tod im Glauben, nämlich im Glauben an seine Liebe. Gedenket meiner nicht in Trauer, ich bin trotz allen Elends glücklich, denn ich bin bei ihm, den ich allein geliebt und ewig lieben werde.

Es giebt aber ein Glück, Lavinia, vor dem Euch Gott im Himmel gnädig bewahren möge, ein Glück, dessen Flammen zu Asche verbrennen:

mein Gück ist ein solches. Ich möchte Euch lieber sagen: „Fliehet die Liebe, süßes Kind, laßt Euch nur erwärmen von der milden, segenbringenden Sonne der Kunst, und doch ist mir's, als wäre solche Bitte Sünde, als sei nur eine Seligkeit auf Erden für das Weib: zu leben und zu sterben um der Liebe Willen! Betet für mich!

Stella Swift."

Stella Swift sollte London dennoch nicht verlassen. Welche geheime Mittel der Dechant von St. Patrik angewandt haben mochte, dies glühende, gebrochene Herz noch einmal an sich zu reißen, diese sterbende Frau dahin zu bringen, daß sie Alles vergaß und, die treue Hand helfender Liebe zurückstoßend, sich gewaltsam aufraffte, um sich öffentlich im Theater von Sadlers Wells neben ihm, als ihrem Manne, zu zeigen, ist niemals bekannt geworden. Sie empfing seit jenem Abend der schrecklichen Begegnung nur einmal einige Zeilen von seiner Hand, einen Abschiedsbrief. Seit sie aber dieselben gelesen, zeigte sie eine auffallende Unruhe, eine fast erschreckende Erregtheit. Zum Erstaunen ihres Arztes erholte sie sich sichtlich, sie stand auf, ging umher und versuchte sogar, in dem kleinen Garten hinter dem Atelier Sir Godefroys auf und nieder zu gehen. Mit welchen Blicken der zärtlichsten Sorge verfolgte er dann diese zarte Gestalt, wie hing er an diesem bleichen abgezehrten Antlitz mit den großen, glänzenden Augen und der fliegenden Röthe auf den Wangen. Der treue Freund schrieb diese vortheilhafte Veränderung ihres Zustandes der Ruhe des jetzigen Lebens unter seinem Dache zu. Wie glücklich machte ihn dieser Glaube! Mit welcher äußeren Behaglichkeit umgab er sie! Welch sanfte Hände waren es, denen er erlaubte, sie zu pflegen. Wie überwachte er jeden ihrer Schritte, wie beseligte ihn ihr dankbares Lächeln, der Druck ihrer Hand. Wie köstlich erschienen ihm die stillen Abendstunden, die er in ihrer Nähe verbringen durfte! Er las ihr vor, er plauderte mit ihr, die Schmerzen seines ganzen bisherigen Lebens waren vergessen und versunken, wenn er bei ihr saß und seinen Blick hingleiten ließ über die Geliebte, wenn sie vor ihm in dem tiefen Sessel ruhte und die kleinen Füße gegen das Gitter des Kamins stemmte.

Es war an dem Tage vor der Opernaufführung gewesen, als ein Diener der Prinzessin von Wales ihn hinbeschied zu der hohen Frau. Er hatte zärtlichen Abschied auf baldiges Wiedersehen genommen von der kranken Freundin, er hatte die durchsichtigen Hände wieder und wieder geküßt. „In wenigen Stunden werde ich zurückgekehrt sein“, sagte er, „die Prinzessin wird irgend eine Bestellung machen wollen, mir einen Auftrag geben. Heut Abend lese ich Euch den Othello“, sagte er, „wenn Ihr es erlaubt. Lebt wohl!“

„Lebt wohl. Dank Euch für Eure Güte, edelster aller Freunde!“

Das war das letzte Wort, das Godefroy Kneller von den Lippen jener Frau vernahm, die er anbetete. An jenem Tage kam ein zweiter geheimnißvoller Brief. Stella Swift verließ in Folge desselben das Haus ihres treuesten Freundes, um zu ihrem Gatten zurückzukehren. Sie nahm jene Ketten wieder auf, die sie in einem Anfall tiefster Verzweiflung von sich geworfen, sie bewilligte ihm jene Genugthuung, die er verlangte, und zeigte sich öffentlich an seiner Seite in der Vorstellung der Bettler-Oper. Zu ihren Füßen lag er dann, von Neuem jene berauschende Sprache redend, der kein Weib widerstanden hätte. Aber kaum eine Woche später war der zarte zerstörte Körper den heftigen Erregungen der Seele erlegen. Stella Swift starb in der Nacht vor ihrer beabsichtigten Abreise nach Dublin, vielleicht, wie sie es erfleht, im G l a u b e n an seine Liebe.

Kurze Zeit nachher veröffentlichte der Dechant von St. Patrik ein rührendes Gedicht an seine „ewig Geliebte“:

„Stern meines Lebens, Du versankest
Und ließest mich in ewiger Nacht zurück.“

Der Erfolg der Bettler-Oper war ein größerer, als selbst die Freunde und Componisten des Werkes erwartet. Man gab sie siebenundzwanzig Mal hintereinander in Sadlers Wells unter dem ungeheuersten Zulauf, bis die Botschaft von dem Tode des Königs, der in Deutschland plötzlich starb, allen derartigen Lustbarkeiten ein Ziel setzte. Die erste Feier, die dem neuen König Georg II. zu Ehren auf der Bühne stattfand, war die Aufführung einer im Oratorienstyl gehaltenen geistlichen Comödie, Esther, die Händel schon vor zehn Jahren componirt. Man spielte das Stück aber in einem neu erbauten Hause, dem Haymarket Theater, und Lavinia Fenton sang darin die schöne Königin. Das Werk erregte ebenfalls einen gewaltigen Enthusiasmus und wurde zehn Mal nacheinander aufgeführt. Am Anfang und am Schlusse der Oper sang man eine von Händel componirte Hymne auf den König. Sie lautet:

God save great George our King,
Long live our noble King!
God save the King!
Send him victorious,
Happy and glorious,
Long to reign over us,
God save the King!

O Lord our Good arrise!
Scatter his Enemies,
And make them fall!
Confound their politicks
Frustrate their knavish tricks:
On him our hopes we fix,
God save the King!

The choicest gifts in store,
On George be pleased to pour:
Long may he reign!
May he defend our laws,
And ever give us cause,
With heart and voice to sing:
God save the King!

O grant him long to see
Friendship and Amity
Always increase.
May he his Sceptre sway,
All loyal Souls obey,
Join heart and voice, huzza!
God save the King!

Der Effect dieser Worte und gewaltigen Melodie ist nicht zu beschreiben. Schon nach dreimaligem Hören fiel das ganze Haus brausend ein. Der Lärm war so betäubend, daß es wohl kein Wunder war, wenn eine Dame ohnmächtig wurde. Mary Hervey wurde bewußtlos aus ihrer Loge getragen. Man schrie und jubelte, man rief Händels Namen. Der König selbst war überrascht, entzückt. — Der Componist wurde zu ihm beschieden, mit Lob überschüttet. Georg fragte aber auch nach dem Dichter und wünschte ihn zu sehen. „Er lebt nicht mehr", lautete die Antwort, „sein Name war Henry Carrey." —

Das Antlitz des hohen Herrn wechselte etwas die Farbe — dann gab der König den Wunsch zu erkennen, daß dies Lied fortan zur vornehmsten Volkshymne erhoben werde, für die Dauer seiner Regierung.

Und so geschah es. Das Lied des armen Henry Carrey, in jenem Purpurmantel, den Händels Hand ihm umgeworfen, schritt seitdem bei allen feierlichen Gelegenheiten einher. Es wurde gar bald von Hoch und Niedrig, Alt und Jung,

Groß und Klein in ganz England gesungen. Auf Straßen und Märkten sang man es mit nicht minderem Feuer, als in den Concertsälen und auf den Bühnen. Richard Savage seufzte oft, wenn er es hörte, „warum war er so ungeduldig, nicht noch eine kleine Weile zu warten, der tolle Henry!“

Letztes Capitel.

Briefblätter.

Die Herzogin von Queensbury an ihre Schwester.

„Erschreckt nicht, geliebte Jenny, wenn ich Euch jetzt schreibe, daß ich in wenigen Tagen zu Euch abzureisen gedenke. Der Herzog wird mich eine Strecke begleiten und so werde ich in kurzer Zeit meine Arme um Euren Nacken schlingen dürfen und Eure Lippen auf meinen Wangen fühlen. Es ist zwar jetzt nicht recht die Jahreszeit zu einem Aufenthalt auf dem Lande, der Herbst ist schon sehr weit vorgerückt, aber ich habe nie größere Sehnsucht empfunden nach Euren Augen, nach Eurem Kinde, nach Eurem Stillleben, als eben jetzt. Wir wollen miteinander plaudern von alten und neuen Zeiten. Ich glaube, wir werden mehr von den alten Zeiten reden — ach, sie waren doch viel, viel schöner als die neuen. Sie gefallen mir nicht mehr. Vielleicht bin ich alt geworden oder krank oder albern — ich kann mich nicht mehr so leicht wie früher in allerlei Dinge finden. Der Herzog lacht oft, wenn ich mich zum Beispiel verwundere, daß Lady Richthove, die vor zehn Jahren ihrem Manne davonlief und ein Kaffeehaus kaufte, wohin sich die jungen Männer drängten, jetzt als fünfundachtzigjährige Frau auf die Bühne gegangen ist und eine Lady Macbeth in irgend einem unbekannten Schauerstück spielte. Die Triumphe der kleinen Fenton haben ihr vielleicht diesen tollen Gedanken eingegeben. Die Fenton aber hat man auf Händen getragen und sie — verspottet. Man sagt, daß zwei berühmte Italienerinnen, die Durestanti und die Cuzzoni, nach Italien und Deutschland gegangen, nach einigen vergeblichen Versuchen, diese junge Sängerin aus der Gunst des Publikums zu verdrängen. — Lavinia Fenton ist jetzt in der That das Losungswort unserer Männer- und Frauenwelt. Man müht sich um einen Blick aus ihren schönen Augen, wie man sich sonst um die Gnade des Königs müht. Man sagt, daß sogar Walpole und Bolingbroke ihr zu Füßen lägen. Ich fürchte, die Arme muß sehr viele Liebeserklärungen lesen. Zum Anhören wird es wohl nicht kommen; sie hat zwar jetzt ihr eigenes hübsches Haus, aber ihre Pflegeeltern sind auf ihre dringenden Bitten bei ihr eingezogen, und bewachen, oder besser gesagt, behüten ihren Liebling. Im Anfang wohnte ihr Stiefvater, ein Schenkwirth, Beswik mit Namen, der in rührender Weise für ihre Erziehung gesorgt haben soll, bei ihr; aber er konnte sich doch nicht von seiner Schenke und gewohnten Arbeit trennen und wurde, obgleich er seinem Kinde nichts von seiner Sehnsucht verrieth, durch diese, wie er gesagt haben soll, vornehme Unthätigkeit ganz melancholisch. Das hat Lavinia denn endlich errathen und ihn mit zärtlichen Worten heimgesandt, worüber nicht nur der ehrliche Mann selber, sondern auch die Mitglieder

der devils dozen froh sind, die in der Beswik-Schenke allezeit ihre Sitzungen hielten. Ich höre, daß Händel eifrig mit der jungen Sängerin wieder eine neue Oper studirt, in der sie die Hauptpartie singen wird. Er selber soll nie von einer Stimme so entzückt gewesen sein, als von der Lavinia's. Und ich begreife das recht wohl, denn ich selbst kann mir nicht denken, daß es einen süßeren Ton auf der Welt geben kann als den, der den Lippen Lavinia's entströmt. Ihre Stimme ist so voll und stark, so rein und glockenhell und dabei so weich, sie schlingt sich wahrhaft um's Herz, Jenny. O, daß Du sie hören könntest! Ich fürchte, sie hat sich auch um das Herz Beltons geschlungen, Liebste, man sieht ihn immer in der Nähe der Fenton und da hängt er wie verzaubert an ihrem süßen Gesicht und ihrer reizenden Gestalt. Die Leute sagen, er werde sich scheiden lassen von der Herzogin, sobald diese selbst zu einer Einwilligung zu bewegen sei, was bis jetzt noch nicht der Fall. Die unglückliche Frau besteht vielmehr fest darauf, ihn nicht lassen zu wollen — eine traurige und gefährliche Rache. Ich glaube nicht, daß ich in einem ähnlichen Falle handeln würde, wie sie, aber ich finde dennoch diese Ehen zwischen unserer hohen Aristokratie und dergleichen Leuten, wie Schauspielerinnen und Sängerinnen, sehr beklagenswerth. Es würde mich unglücklich machen, wenn ich einen Sohn hätte, der mich eines Tages mit derartigen Geständnissen überraschte. Art lasse nicht von Art. Und diese Mädchen lieben doch nur den Rang und Reichthum ihrer Anbeter — ich bleibe dabei — und das bequeme Leben, das sie ihnen verschaffen. Ich nehme allenfalls Anastasia Robinson aus. Sie war so schön und gefeiert, daß sie viel reichere und hübschere Männer haben konnte, als Sir Mordaunt. Seine arme Frau ist nun aber todt und ich zweifle keinen Augenblick, daß er seine Geliebte nun auch zu seinem Weibe macht. Sie soll ohnmächtig geworden sein bei der Todesnachricht und ihn gebeten haben, ihr nicht seinen Namen zu geben, ihr nur sein Herz zu lassen. — Von ihr glaube ich's, von keiner Anderen würde ich's glauben. Sie hat damals ein glänzendes Leben aufgegeben, um ein Leben der Schande und Qual zu führen — sie liebt ihn also wirklich.

„Ein neues Buch werde ich Euch in Eure süße Einsamkeit mitbringen, ich denke, wir lesen es dann zusammen, es ist von einem Dichter aus Upham, Edward Young, und heißt „Nachtgedanken“. Ich habe es nur durchblättert, aber nicht ohne tiefe Bewegung. Man sagt, das Gedicht — es besteht aus neun Büchern, theure Jenny, aber fürchtet Euch deshalb nicht, es wird Euch nicht langweilen — sei entstanden nach dem Verlust des Weibes und der Kinder des Dichters. Es ist auch dunkel wie eine Nacht ohne Sterne, aber es ist eine warme, gewitterschwüle Sommernacht, keine kalte todesstarre Winternacht. Zuweilen wird sie durchzuckt von grellen Blitzen, eine erzwungene Heiterkeit, ein seltsam künstlicher Witz unterbricht die tiefe Trauer, und das ist's, was mir nicht behagt. Edward Young lebt als Pfarrer zu Wetwyn in Herfordshire. Man redet viel von ihm. Ich möchte ihn kennen. Ihr seht, daß ich meine Vorliebe für die Dichter nicht verloren, trotz der vielen Enttäuschungen, die ich erfahren. Aergere ich mich einmal über das Benehmen des Einen oder die dummen Streiche des Anderen, so schlage ich am Abend desselben Tages eines ihrer Bücher auf und denke: „Wer das fühlen und beschreiben konnte, verdient, daß ein gewöhnliches Erdenkind Nachsicht mit ihm habe, wenn er es einmal zufällig unsanft berührt. Verlangen wir doch zu allen Zeiten und Stunden Nachsicht und Vergeben und Vergessen aller unserer kleinen — und großen Fehler und Thorheiten, und da ist nicht einmal ein „Warum“ — das solches Verlangen rechtfertigt.

„Aber weßhalb schreibe ich Euch das Alles, da ich Dir's doch so bald und viel besser erzählen kann? Ich denke, es geschieht aus alter Schreib- und Plaudergewohnheit. Verzeiht es mir. Jetzt lege ich den Finger auf die Lippen. Auf Wiedersehn, Geliebte. Giebt es ein schöneres Wort in der Sprache, als das: „auf Wiedersehn!“ — Ihr habt immer gesagt, ein anderes Wort sei das schönste — jenes: „ich liebe Dich!“ aber Ihr wißt, ich hörte es nie und — sprach es nie.

„Lebt wohl, süße Jenny, grüßt Euren Mann und küßt Euer Kind. — Auf Wiedersehn, auf ein langes, ungetrübtes Wiedersehn! —

„Noch Etwas vergaß ich Euch zu sagen: Lord Chesterfield wird sich verheirathen. — Ich habe es ihm gerathen. Mehrere junge Erbinnen habe ich ihm vorgeschlagen — aber er mag selber wählen, nicht wahr, ich brauche nicht für ihn zu wählen, Jenny? Das kann ich nicht! Es wäre seltsam — zum Lachen! Muß ein Mann nicht selber die Wahl treffen? Ich nannte ihm nur Namen. Ich fand es nämlich plötzlich gut für ihn, wenn er sich verheirathet. Ein Mann kommt doch erst zur rechten Ruhe in einem eigenen Hause, in der Sorge für das Glück von Weib und Kind! — Wenn ich wieder nach London zurückkehre, Geliebte, werde ich also eine Lady Chesterfield bei mir empfangen. Ich glaube, ich werde sie lieben. — Aber, ich denke noch nicht daran, von Euch fort und nach London zurück zu gehn! Vielmehr möchte ich fragen: „Werdet Ihr mich auch gern eine Weile bei Euch behalten wollen, Jenny? — sogar vielleicht zwei, drei Monate? Wer weiß, vielleicht bitte ich Euch um eine Herberge für den ganzen Winter. Wir Frauen zeigen zuweilen unerklärliche Launen. Nicht so, Theuerste? Die Männer haben oft Ursache, mit uns zu schelten und noch öfter — uns auszulachen.

Blätter zwischen zwei Liebenden.

Erstes Blatt.

Belton an Lavinia.

„Ich sah Euch auch gestern kaum einen Augenblick allein. Seid barmherzig, Lavinia, laßt mich zu Euch reden. Ihr waret bleich und unruhig. Was ist's, das Euch quälte? — Ist es ein Etwas, das Menschenmacht zu bannen im Stande? Vertraut es mir, Lavinia! Ich will und kann Alles thun für Euch! Aber gebt mir eine Stunde, ich ertrag's so nicht länger, ich muß Euch Alles sagen, Alles, hört Ihr? Bis jetzt wißt Ihr nur Eins: daß ich nämlich keinen Tag zu leben vermag, an dem ich Euren Augen nicht begegnete."

Zweites Blatt.

„Armes Kind! Wie Ihr Euch sträubtet, mir die Wahrheit zu sagen! Wie es Euch Mühe kostete, jenes Geständniß, daß die Herzogin, mein Weib, mit Euch geredet, daß sie Euch gebeten, mich frei zu geben, — gebeten! — Euch, Lavinia Fenton! Und Ihr habt Ihr geantwortet, daß Ihr mich ja nimmer gehalten, daß es nie Euer Wille gewesen, mich in Fesseln zu schlagen. Ihr habt wahr gesprochen. Es steht auch gar nicht mehr in Eurer Macht, mich frei zu geben, mein Kind — ich bin es allein, der sich in die Sclaverei begab und darin zu verbleiben gedenkt bis an seines Lebens Ende. Euch hat sie nicht zu gebieten, mir die Ketten abzunehmen, sondern mir, einzig mir. Ob ich ihr gehorchen werde?! O Lavinia! Ich werde Euch morgen nach der Aufführung der Oper einen Augenblick ungestört sprechen. Fragt nicht wo — aber stoßt mich nicht zurück, wenn ich vor Euch erscheine. Jeder meiner Athemzüge ist ein Seufzer nach dem „Morgen."

Drittes Blatt.

„Lavinia, Ihr wißt nun Alles — ich habe Euch in den Armen gehalten — und lebe doch noch, getrennt und fern von Euch! Jene flüchtigen Minuten in Eurem Wagen, als Ihr, auf Eure Pflegemutter wartend, arglos auf die Hand Eures Dieners Euch zu stützen anschicktet und bei der ersten Berührung zusammenzuckend, mir dann Eure Hand dennoch nicht entzogt, wie himmlisch süß sie waren. — Es war eine wunderliche Liebeserklärung am Wagenschlag. — So hineinredend in das Dunkel, aus dem nur ein warmer Hauch dann und wann meine Wange streifte — aber ein Hauch, der mich trunken machte. Ich hörte das Fliegen Eures Athems — und jene kleine Hand, die ich nicht wieder gelassen, zuckte in der meinen. Mein bebender Finger fühlte das wilde Schlagen ihrer Pulse. — Da mögen es wohl auch wilde Worte gewesen sein, die ich zu Euch redete, ich weiß nicht, was ich gesprochen, ich weiß nur, daß ich Euch sagen mußte, wie ich Euch liebe. — Ich hätte es Euch gesagt, wenn auch zur Strafe dafür tausend Tode meiner gewartet. Ihr habt mir nicht geantwortet, keine Silbe, Lavinia, und dennoch bin ich glücklich. Glücklich? Armes Wort! Ich bin trunken vor Wonne, bebend in Fieberschauern der Seligkeit. Ihr wißt es, warum, — Ihr und ich und — Gott."

Viertes Blatt.

Lavinia Fenton an den Herzog von Belton.

„Ja, ich weiß es und Ihr und Gott, und vor Ihm und Euch und mir habe ich allein jene

Schwäche zu verantworten, die mich gestern Euer Haupt an meine Brust reißen ließ — die Euren Armen gestattete, daß sie sich um meinen Nacken schlangen. Glaubt aber nicht, daß ich sie bereue, — die Liebe bereut nicht, sie liebt. Und ich habe Euch und nur Euch geliebt, seit ich mich auf mein Leben zu besinnen vermag, und habe diese Liebe niedergehalten in meinem heißen Herzen mit all meiner Kraft. Aber es muß ein Moment kommen, wo all unsere Kraft zu Schanden wird, wo wir selig sind, schwach sein zu dürfen, — wo diese Schwäche uns sogar als unsere Stärke erscheint. Als ich Euch gestern zum ersten Male unbeobachtet von fremden Augen mir so nahe fühlte, als ich Euch eine so berauschende Sprache reden hörte, da war mir, als habe ich nur noch Eines zu erfüllen hier auf der Erde: Euch zu sagen, daß meine Seele Euch gehöre für Zeit und Ewigkeit. — Ich konnte nicht heucheln, ich konnte mich nicht von Euch zurückziehn, meine Hand nicht aus der Euren lösen, konnte nicht lügen — durch solche abwehrende kalte

Bewegung, während doch mein ganzes Wesen, jeder Blutstropfen nach Euch verlangte — und so umfaßte ich denn endlich Euer Haupt mit meinen Händen und ließ Euch die Schläge meines Herzens zählen. Ein Augenblick höherer Seligkeit kann nicht mehr kommen, das fühlte ich, wir haben unser Theil dahin. Es muß uns genügen, Geliebter! Von jenen süßen Momenten wird das Licht ausgehn für unser ganzes künftiges Leben. Seele und Leib schwammen in einem Meer von Wonne. Ach, Ihr wißt nicht, was es heißt, mit einem einzigen Gedanken gleichsam aufzuwachsen und ihn dann endlich erfüllt zu sehen, ihn Tag für Tag mit sich umherzutragen Jahre lang, ihn mit in den Traum zu nehmen und ihn im Erwachen zuerst vor allen anderen Gedanken wiederzufinden; Ihr Männer, glaube ich, liebt so ganz anders als wir. Wie oft fühlte ich im Traum die leise Berührung der geliebtesten Hand, wie oft hörte ich süße Worte von angebeteten Lippen, ich zitterte vor Entzücken am Morgen in der Erinnerung daran. Schon der

Nachhall jenes Traumglückes machte mich am Tage fast besinnungslos. Und was ist doch selbst der glühendste Traum gegen die einfachste Wirklichkeit?! Ich weiß es jetzt, er ist ein armer Schatten, ein Nichts. — Wie verwirrte und berauschte mich Eure Nähe! Hätte ich Euch minder geliebt, so würde ich besonnener gewesen sein.

„Seht, das Alles mußte ich Euch sagen. Nichts in der Welt hätte mich daran verhindern können. Ihr werdet nun, wenn Ihr diese Worte gelesen, auch jene folgenden begreifen, die ich für Euch niederschreiben will. Geliebter, ich gehöre Euch an, ich kann nie eines Andern sein, denn Euch, — daran haltet fest in jenem ernsten Leben, das jetzt vor uns liegt. Wir dürfen uns nie wieder allein sehen — ich will es nicht, ich darf es nicht wollen. Wir Beide liegen in Banden, die wir nicht zerreißen können. — Ihr durch ein Weib, das Euch angehört und — Euch liebt, ich durch meine Kunst, von der sie sagen, daß sie das Leben des Weibes auszufüllen vermöge, und daß sie das meinige ausfüllen müsse. — Wir tragen Beide Ketten, allein ich glaube, mir wurden die leichteren zu Theil, die Eurigen drücken schwerer, aber Ihr seid ja auch der Stärkere, der Mann. Die Liebe giebt ein ganzes Leben und will ein ganzes Leben dafür empfangen, — wir Beide haben kein ganzes Leben mehr zu vergeben. Versucht nicht mehr, nach diesem Briefe, mich allein zu sehen, ich werde es mit all meiner Kraft verhindern. Schreibt mir auch nicht mehr! Meint Ihr, es bedürfe seit Eures Geständnisses am gestrigen Abende noch der armen Worte zwischen uns?! Und Eines wird ja bleiben, muß bleiben: das Sehen! Sehe ich Euch nicht täglich? Werden sich unsere Augen nicht begegnen, und ist ihre Sprache nicht beredter als jede andere?! Sehen muß ich Euch, sehen wie bisher; wissen, daß Ihr mich hört, daß Ihr es seid, dem ich singe, Ihr, dessen Seele ich berauschen darf mit den Tönen meiner Stimme, — dann will ich freudig weiter leben. Alles Andere opfere ich und Ihr müßt es mit mir opfern. Ihr seht, mein Freund, wie viel leichter unser Sein, als das so vieler anderer Liebenden. Wir brauchen nicht von einander Abschied zu nehmen, man reißt mich ja nicht gewaltsam von Euch, wir leben nur getrennt, nicht geschieden. Laßt uns so zu leben versuchen!"

Fünftes Blatt.

Belton an Lavinia.

„Ihr macht es Euch leicht, — Eure tugendhaften Trennungsvorschläge sind vortrefflich, die Ausführung wird Euch nicht viel Mühe machen. Ihr vergeßt nur Eines, daß wir Männer eben anders lieben als Ihr. Ich kann Euch nicht täglich sehen und zugleich ein Meer zwischen uns fühlen, ich kann mich nicht im Besitz Eurer Liebe wissen, ohne Euch jubelnd an mich zu reißen und in den Armen zu halten, ohne Euch zu tragen und zu hüten wie mein eigenstes Kleinod. Der Gedanke, daß Ihr keinem Andren gehört, sollte mir genügen? Mir sollt Ihr gehören, mir allein, vor aller Welt mir! Alles, was in meiner Macht steht, werde ich aufbieten, eine Scheidung von der Herzogin zu ermöglichen. Meine unselige Ehe soll gelöst werden. Lavinia, es muß noch ein Glück kommen für uns Beide! Ich will es — und der Himmel und Ihr — müßt es auch wollen.“

Sechstes Blatt.

Lavinia an Belton.

„Seid barmherzig gegen sie und mich! Ich will nicht, daß Jemand leide um meinetwillen, ich allein will leiden. Der Himmel will es nicht, Geliebter, daß für uns ein Glück komme, wie Ihr und ich es träumen. Noch einmal: seid barmherzig!“

Siebentes Blatt.

Belton an Lavinia.

„Ihr habt gestern gesungen wie ein Engel, — nein, schöner, tausendmal schöner: — wie ein Weib, das liebt. Die Herzogin verließ nach dem ersten Act das Haus. Wie sie mich martert und verhöhnt! Meinen Bitten setzt sie Thränen, meinen Drohungen Spott entgegen. — Ich drehe mich im Kreise, ich habe noch keinen Schritt vorwärts gethan, trotz aller verzweifelten Anstrengung. Verbietet mir nicht, Euch zu schreiben, ich würde es nicht ertragen. Wem soll ich meine Sorgen und Qualen beichten, wenn nicht Euch? Ich gebe Euch Euer Wort zurück, das Ihr mir zugerufen, und sage Euch jetzt: Seid barmherzig!"

Achtes Blatt.

„Gestern Abend war ich bei der Gemahlin Sir Mordaunts. Wir redeten auch von Euch! Kennt Ihr sie genau, die Geschichte ihrer Liebe? Glücklicher Mordaunt, er wurde geliebt wie Keiner! — Ich werde Euch morgen Abend sehen. Ihr habt versprochen, bei Lord Bolingbroke zu singen. Wißt Ihr, daß man sagt, er bete Euch an?"

Neuntes Blatt.

„Wie sie Euch Alle umdrängten, wie sie Euch anbeteten, wie Jeder Euch ein Schmeichelwort sagen durfte, Jeder — ich allein stand von ferne und sah zu. Es ist seltsam, so lange Ihr singt, ist es mir, als gehörtet Ihr mir, mir ganz allein und für alle Ewigkeiten; — aber wenn ich Euch reden und lächeln sehe wie andere Frauen, da überstürzt mich eine Verzweiflung ohne Maß, eine Angst, eine Eifersucht ohne Grenzen. Vielleicht ahnet Ihr diesen Kampf, denn Ihr habt gestern aus allem Gewühl um Euch her Eure wunderbaren Augen so tröstend auf mich gerichtet, daß ich Euch hätte zu Füßen stürzen mögen, um Euch zu danken. Wie königlich und stolz Euer Lehrer dareinschaute, als Ihr ihm seine neue Arie aus dem Rinaldo sanget:

„Lascia chio pianga
La dura sorte —“

„Wie sie alle besiegt mit ihrer Stimme“, sagte er dann triumphirend, „sie wird die Königin aller Sängerinnen werden. So lange sie singt, ist es eine Lust, Opern zu schaffen.“

„Während er so zu mir sprach, sah ich Euch am Arme Bolingbroke's durch den Saal schreiten. An Eurer linken Seite ging der junge Walpole. Er durfte zu Euch reden und Euren Augen begegnen. Prüfend folgten auch manche Frauenaugen Eurer Gestalt, an der das lichtblaue Kleid in weichen Falten bis auf den Boden niederfloß. Ihr habt eine entzückende Art, Euer Haar zu tragen und natürliche Blumen in demselben zu befestigen, und Nichts ist verführerischer als die Weise, in der Ihr Euren Nacken und Eure Arme in Spitzen hüllt. Habt Ihr nicht bemerkt, wie die Frauen es Euch nachzuahmen versuchen? Und wie schlecht es ihnen steht, genau wie den Dienerinnen der Putz ihrer Gebieterin. — Die Herzogin spielt jetzt die Kranke, sie verläßt mein Haus nur noch, um in die Kirche zu fahren. Sie ist vielleicht kaum minder elend als ich — und dennoch weigert sie sich mit einer Hartnäckigkeit, wie sie nur eine Frau an den Tag zu legen vermag, sich von mir zu trennen. Wie lange soll dies Leid währen?! — So lange Ihr es wollt, Herrin!" —

Zehntes Blatt.

„Ihr liebt mich nicht, Ihr seht mich leiden, Ihr seht, wie ich mit den Zähnen knirsche, die

Fäuste balle, an meinen Ketten reiße; ein Wort von Euch und ich würde frei sein, frei wie der Vogel in der Luft und glücklich, wie —?! Ich finde keinen Vergleich! Sagt, daß Ihr mein sein, daß Ihr mir folgen wollt, und ich verlasse London mit Euch für immer. Niemand soll mehr von uns hören, Niemand uns je wiedersehen. — Ich werde nur Euch leben und unserer Liebe. Sprecht ein Wort, opfert mir Eure Triumphe, begnügt Euch, Einen zu Euren Füßen zu sehen, Einen für immer! Könnt Ihr denn dies Leben ferner ertragen, jenen Mann täglich zu sehen, den Ihr liebt, und nie in seinen Armen zu liegen?! Ich sage Euch: sie lügen Alle, die da sagen, die Liebe könne vom Schauen des Geliebtesten allein Jahrelang leben. Die echte Liebe will umfassen, besitzen, fühlen, — sie lügen oder — sie lieben nicht menschlich und wahrhaft."

Elftes Blatt.

Lavinia an Frank Belton.

„Ich kann dies Leben ertragen, weil ich

lieber bis zur Verzweiflung leiden, als die treuen Hüter meiner Kindheit in Jammer stürzen will. Meint Ihr, es werde uns Glück bringen, wenn ich über die Meinigen durch solche heimliche Flucht einen Schmerz ohne Ende brächte?! — Habt Ihr vergessen, daß es ein Gefühl giebt im Herzen des Weibes, das es stark macht, schwere Lasten zu tragen — das Gefühl der Dankbarkeit. — Mir giebt es nun den Muth, Euch, den ich liebe mit meiner Seele und meinen Sinnen, Euch, dem ich angehöre mit Allem was ich bin und habe, zu sagen: — — ich folge Euch nicht!" — —

Hier enden die Briefblätter. Lawinia Fenton blieb standhaft. Wie theuer sie diese Festigkeit erkaufte, wie schwer sie kämpfte und litt, wie schlaflos ihre Nächte, wie voll Thränen ihre Tage waren — sah Niemand. Die Menge feierte die große Sängerin täglich mehr, man fand immer neue Schönheiten an ihr, ihre Stimme schien sich immer herrlicher zu entfalten. Nur das Auge der Liebe entdeckte wohl jene plötzliche Blässe der

Erschöpfung, jenen Zug rührender Schwermuth um Mund und Augen, nur das Herz des Geliebten vernahm jenes Beben der Stimme, jenes leidenschaftliche Vibriren des süßen Tones, wenn sie redete und sang. Für ihn zitterte ein Laut der Klage durch den schönsten Klang. Und dann — dieser Blitz verlangender Leidenschaft von Auge zu Auge fliegend, diese mühsam verhaltene glühende Sehnsucht in den flüchtig gewechselten Worten — und dabei dies Fernsein! — Ach, sie litt nicht minder als er. — Wie oft lag sie auf ihren Knieen und rang die Hände nach ihm. Wie oft rief sie ihn mit den zärtlichsten Lauten — wie oft schalt sie sich grausam und feige, daß sie nicht alle Bande löse, um jenes e i n e unlösbar fest zu knüpfen, das sie und ihr Geschick an den Heißgeliebten band. — An der Heftigkeit ihres Schmerzes über die Unbeugsamkeit der Herzogin, die fortfuhr, sich einer Scheidung auf das Bestimmteste zu widersetzen, fühlte sie erst, wie lebhaft ihre Hoffnungen auf d i e s e Lösung der Conflicte gewesen. Jeder

Blutstropfen in ihr schrie nach ihm, sie sah ihn nur mit Qualen und doch lebte sie nur von diesen Augenblicken des Sehens.

Zuweilen zog der alte Musiker seinen Liebling sanft zu sich heran, forschend und prüfend in ihre Augen schauend. „Es quält Dich doch kein neuer Orgelspieler?“ fragte er wohl scherzend. „Schicke sie Alle fort, sage ich Dir, Du gehörst der Kunst und mußt der Kunst gehören Dein Leben lang. Es wäre eine unverzeihliche Sünde gegen die heilige Cäcilie, wenn Du, Lavinia Fenton, ans Heirathen denken wolltest, so lange noch ein Ton in Deiner Kehle. „Das Kind übermüdet sich“, meinte dagegen Frau Margareth, „sie wird uns krank werden. Ach, wüßte ich sie doch geborgen in eines braven Mannes sicherer Hut, dann wäre man aller Sorge los und ledig.“ Auch Händel beunruhigte sich bisweilen und fand die Stimme seiner Schülerin wechselnd, bald glanzvoll, bald matt und ihre Kraft oft nicht ausdauernd genug. Eine große Erleichterung schien ihm die Gewißheit zu bringen, daß Lavinia den Heirathsantrag Paradisi's entschieden zurückwies, der sich ihr eben damals mit den kühnsten Hoffnungen genähert hatte. Allmälig bemerkte aber auch die große Menge die zeitweise Erschöpfung der Sängerin, allein man legte ihr seltsame Motive unter. Man erzählte sich nämlich, daß der alte Musiker und sein Weib das junge Mädchen tyrannisirten und ihr verboten, ein Anerbieten Bolingbroke's anzunehmen, der ihr ein prachtvolles Haus in Twikenham und sein Herz und Vermögen zu Füßen gelegt, also Alles — mit Ausnahme seines Namens. Die eigensinnigen alten Leute! Solch Glück von der Hand zu weisen! Als ob „die Kleine" immer singen, immer reizend sein werde. Welche Versorgung unter dem Schutz des mächtigen Mannes! Und eine so glanzvolle Zuflucht zu verschmähen! — Das wunderliche Ehepaar hatte diese kindischen Vorurtheile sicher aus Deutschland, dem Lande der Träumer, mitgebracht. Arme Lavinia! Es war wirklich zu verwundern, daß sie es gestatteten, daß William

Hogarth, dessen Ruhm täglich wuchs, im Auftrage Sr. Herrlichkeit ein Bild von der jungen Sängerin malte. Dies Portrait in seiner Frische und Lebenswahrheit, in seinem reizenden Ausdruck und warmen Incarnat erregte Aufsehen in London. Nur bestritt man jenen düstern Zug zwischen den Brauen und jenen tief melancholischen Blick der Sängerin als zwei Dinge, die das Publikum an seinem Lieblinge nicht zu sehen gewohnt war. — John Beswik war es, der eines Tages lange vor dem Bilde stand, mit ernsten Augen und gerunzelter Stirn. In sichtbarer Aufregung verließ er den Saal von Sadlers Wells, allwo man das Portrait aufgestellt und eilte zu seinem Kinde. Er fand sie allein. Sie saß an ihrem kleinen Spinett, eine Partitur des Rinaldo von Händel vor sich, ganz leise intonirte sie, als er eintrat, die Worte Armidens:

„Lascia chio pianga
La dura sorte — —“

Zum ersten Mal in seinem Leben empfand

er eine Art Scheu, sich seinem Kinde zu nähern; sie erschien ihm so fremd, jene stolze Gestalt in dem weißen, reich gestickten Kleide, deren Antlitz von ihm abgewandt über den Notenblättern hing. Der Luxus in ihren Zimmern beklemmte ihn, der Duft der prachtvollen Blumen in kostbaren Vasen, Huldigungen bekannter und unbekannter Verehrer, betäubte ihn. Was wollte er hier? Warum kam er her? — Hatte er ihr etwas zu sagen, sie um etwas zu bitten? — Nein, er wollte sie nur sehen, nur prüfen, ob sein Liebling, das Kind seines Herzens, wirklich so traurig blicken konnte, wie der Maler es da gemalt. Und eben wendete sich Lavinia langsam und sah ihren Vater an. Im nächsten Moment lagen die Notenblätter am Boden und sie schlang ihre Arme um seinen Nacken, so lebhaft, so innig, wie sonst, wenn er sie bei den Pflegeeltern überraschte. — „Ihr kommt?“ fragte sie freudig überrascht, „Ihr, liebster Vater, und zu dieser Stunde?!“ —

„Ich wollte Dich nur einmal ordentlich ansehen, mein Kind“, antwortete John Beswik, und drängte seine Tochter ein wenig zurück, um ihr tief und forschend in die Augen zu schauen. „Der Will Hogarth hat Dich ja gemalt, und das Bild gefällt mir schlecht, es wären mir fast die Thränen in die Augen gekommen; Du siehst da so unglücklich und — und — wie soll ich nur sagen, so einsam aus, Lavinia. Und Du hast doch mich, Deinen Vater!“

Die Stimme des alten Mannes zitterte. Lavinia war bleich geworden. „Setzt Euch hierher, Vater“, sagte sie mit matter Stimme, „ich setze mich zu Euch auf die Lehne des Sessels, Ihr könnt dann wieder den Arm um mich schlagen — wißt, wie früher in alten Zeiten. So — ist's recht.“

„Und darf ich Dich auch wieder einmal fragen, Du weißt, ich habe es lange nicht gethan: bist Du auch ganz glücklich, mein Kind?! Bereuest Du es auch nicht, Dich Deiner Kunst verschrieben zu haben mit Leib und Seele?“

Sie hielt seinen angstvollen Blick nicht aus. Langsam sank ihr Haupt auf seine Schulter. Tiefauf seufzte sie. „Ich gehöre ihr nicht mehr mit Leib und Seele“, sagte sie endlich ganz leise.

„Es kam, wie es kommen mußte — Du bist eben ein echtes Weib, Du hast ein Herz, Lavinia. Gott Dank, daß Du mir das endlich gestehst. Nun bist Du wieder mein Kind, mein gutes, süßes Mädchen, vor dem ich mich nicht mehr fürchte. Da sieh, ich küsse Dich sogar ohne Scheu. O mein Liebling, Du machst mich glücklich.“

„Aber Vater, — es ist keine glückliche Liebe!“

„Jede Liebe sei glücklich, habe ich einmal sagen hören, die Schmerzen der Liebe sind ja ihr Glück. Und Ihr Frauen wollt ja leiden um der Liebe willen, je mehr, je besser — habe ich Recht?“

Sie lächelte durch ihre Thränen und nickte ein wenig. „Aber — es ist auch eine sündige Liebe, Vater.“ —

Er fuhr auf und blickte sie fragend und streng an. Sie aber schlug ihre Augen nicht nieder, sie faltete nur unwillkürlich die Hände, wie zu einer Bitte, wie sie es sonst wohl gethan, als sie noch ein kleines Mädchen war und Abends auf seinen Knieen saß, ihre kleinen Sünden beichtend. Seine Stirn war auch wieder hell geworden, als er nach einer Weile sanft sagte: „Lavinia, ich bin nur ein unwissender schlichter Mann, ich habe kein Recht, Dir zu rathen, ich verstehe auch nicht viel von dem Treiben da draußen in der vornehmen Welt, in der Du jetzt lebst, ich kann Dir nur anhängen und Dich bewachen wie ein treuer Hund seine geliebte Herrin. Ich habe mir immer gedacht, daß Du einmal eine Herzogin werden müßtest oder gar eine Königin, ich habe Dich immer über mir gefühlt. Das wird auch so bleiben, selbst wenn Du — sei ruhig, ich will nicht weiter reden, Kind. Aber eins höre noch, Lavinia, ich lasse Dich nicht zertreten! Man darf Dich nicht verlassen, man soll nicht mit Dir spielen, nur das nicht! — Sieh, wenn ich einen Mann wüßte, der das wagte, mit diesen meinen

Händen würde ich ihn zerreißen! Und ich ahne, wer es wagen könnte!“

„Nein, nein, es ist nicht so —“, rief sie fast entsetzt und glitt vor ihm auf ihre Kniee nieder. Seine harten braunen Hände riß sie an sich, um ihre Stirn darauf zu drücken. Er neigte sich in heftiger Erregung über sie — und so beichtete sie, Lavinia Fenton, die stolze, gefeierte Sängerin, dann dem schlichten Schenkwirth Alles, Alles. — Als John Beswik an diesem Tage seine Tochter verließ, murmelte er, „sie darf ihn nicht mehr sehen; wenn sein Weib ihn nicht aus den Händen läßt, so muß er fort, fort um meines Kindes willen. Sie stirbt, wenn solches nicht geschieht. Solch Leben erträgt kein Weib. Ich werde, ich will mit ihm reden!“ —

Wenige Wochen nach jener Unterredung zwischen Vater und Tochter wurde ganz London in Staunen versetzt durch die Nachricht, daß der Herzog von Belton vom Könige in einer geheimen

Mission nach Holland geschickt worden sei und in Brüssel vor der Hand auf unbestimmte Zeit seinen Wohnsitz nehmen und verbleiben werde. Die Herzogin, seine Gemahlin, war in London zurückgeblieben.

Zwölftes Blatt.

Belton an Lavinia.

„Ich reise ins Ausland — der König sendet mich. Er sendet mich auf meine Bitten. Wir wollen uns trennen, Lavinia. Man hat mir gesagt, daß Ihr in größerem Frieden leben werdet, wenn Ihr mich nicht mehr täglich seht, wenn meine flehenden, verzweifelnden Augen nicht mehr den Euren begegnen. Um mich sorgt Euch nicht, ich werde leben, Ihr wollt es ja! — Aber Abschied nehmen muß ich von Euch, Abschied vom hellen Tage, ehe die Nacht kommt. Jetzt werdet ihr vielleicht barmherzig sein. Nur wenige Minuten sind es ja, die ich noch verlange. Seht, wie genügsam der Mann geworden ist, dem eine Ewigkeit zu kurz dünkte in Eurem Besitz. Wann darf ich kommen?! Morgen früh verlasse ich London."

Dreizehntes Blatt.

Lavinia an Belton.

„In einer Stunde erwarte ich Euch, einer ganzen Welt und — selbst dem Himmel zum Trotz."

Und jene Stunde kam, und die glücklichen Unglücklichen waren für wenige Minuten vereint. Er kniete zu ihren Füßen, trunkene Worte, glühende Blicke wurden gewechselt. Noch einmal umschlang sie sein Haupt wie damals an jenem Abend, noch einmal bettete sie es an ihre Brust, aber ihre Thränen fielen auf seine Stirn, und ihre Lippen stammelten süße Liebesworte. Noch einmal bot er alle Beredsamkeit der Leidenschaft auf, alle Sophistik der Liebe, sie zu bewegen, ihm zu folgen; sie blieb standhaft. Seine Verzweiflung marterte sie, sein Flehen ließ sie in Thränen zerfließen, aber ihre Kraft bestand dennoch die furchtbare Probe. „Auf Wiedersehen!" war ihr letztes Wort.

Noch einmal warf sie sich an seine Brust, noch einmal umklammerte sie ihn mit dem ganzen Schmerz der Liebe, die ihr Theuerstes lassen soll. Wie bleich er war, wie verzehrend der Blick seiner Augen. Sie fühlte ihn noch, als die Thür sich bereits hinter ihm geschlossen: „Geliebter, komm zurück, ich folge Dir!“ schrie sie auf. Dann stürzte sie ohnmächtig auf den Boden nieder. Ach, Niemand hörte sie. In demselben Augenblicke vielleicht stand John Beswik neben dem Herzog und hielt seine Hand in der seinen. „Gott segne Euch, Herzog, Ihr seid ein echter und rechter Mann!“ sagte er tieferschüttert. „Mein Kind wird Euch nimmer vergessen.“

Sechs Monate waren seitdem vergangen. Lavinia Fenton war und blieb der gefeierte Liebling der Londoner Welt. Mit ihr stieg Händel, der deutsche Musiker, immer höher in der Gunst des Publikums. Eine wunderbare Schöpferkraft entwickelte er, seit Lavinia Fenton sang. In kürzester

Zeit war eine ganze Reihenfolge von Opern entstanden, deren jede hinreißende Schönheiten enthielt, z. B. Rinaldo, Athalia, Mucius Scävola und Rhadamant. Aber Frau Margareth hatte wohl Recht gehabt, die Sängerin übermüdete sich. Man fand sie bleich, die Stimme schien zuweilen schwächer und ihr Spiel matter; Beides entwickelte sich nur in leidenschaftlichen Stellen zu einer wahrhaft überwältigenden Schönheit. Arme Lavinia! Wer ahnte Deine Qualen? Seine Augen waren ja nicht mehr da, sie zu bewundern, sie durfte ihn nicht mehr berücken mit ihren Zaubertönen; die Welt war leer und öde, und das Leben für die Kunst erschien ihr plötzlich bettelarm. — Sie fühlte jetzt klarer denn je, daß nur Eines das Leben des Weibes auszufüllen vermöge, daß nur Eines da sei, um das es sich zu leben lohne, daß alles Andere: Triumph, Ehre, alle Güter der Erde, elender Staub seien gegen jenes Eine: „Die Liebe."

Wie tausend Mal warf sie sich ihre Grausamkeit und Selbstsucht vor, wie zogen Herz, Seele und alle Sinne ihm nach. Seine Briefblätter, jene leidenschaftlichen Ergüsse tiefster Sehnsucht waren ihr Lebenselixir. Welchen Cultus trieb sie mit ihnen. Wie tausend Mal geküßt wurde jedes Wort! Welchen Ruheplatz fanden sie bei Tag und Nacht auf dem unruhigsten Herzen. Wie verlöscht von Thränen erschienen bald jene Schriftzüge! Welch brennendes, lebenverzehrendes Verlangen nach einem Blick, einem Hauch seiner Lippen, einem Druck seiner Hand. Und dennoch, wenn sie die Augen ihres Vaters auf sich ruhen fühlte, wenn der alte Musiker sie den Stolz seines Lebens nannte, wenn Frau Margareth das Kind ihres Herzens segnete und Händel von ihr redete als seine Muse, dann kam wie eine Art Trost der Gedanke über sie, das Rechte gethan zu haben.

In jene Zeit fielen die Bewerbungen des jüngeren Walpole, die erneuerten Verfolgungen Bolingbroke's und die ungestüme Anbetung einiger Söhne der ersten Familien Altenglands. Wie kalt und fast ungeduldig wies sie Alle ab. Und doch waren glänzende Geister unter Jenen, die ihr so ernst huldigten, und blendend schöne Männererscheinungen.

Nicht eines Athemzugs Länge vermochte irgend Einer ein Interesse in ihrer Brust zu erwecken. Sie blieb zerstreut bei den brillantesten Unterhaltungen, sie übersah die gefeiertsten Männer, wie sie damals den Orgelspieler Magnus übersah. Für sie gab es für alle Zeiten nur eine Erscheinung, die Augen, Herz und Geist gefangen nahm. Es ist ein seltsam Ding um die Liebe eines Weibes. In der Liebe eines Mannes läßt sich in fast allen Fällen irgend ein „Warum" nachweisen, in der Liebe eines Weibes sehr selten. Sie liebt aus einer Menge der blendendsten Erscheinungen die allerunbedeutendste heraus, sie liebt aus einer Reihe der Besten den außer der Reihe stehenden Schlechten; statt eines Schönen, der sich ihr zur Disposition stellt, einen Häßlichen, der bis zur Stunde noch wenig von ihr wissen wollte; statt eines Geistreichen, der sie in aller Form der guten Gesellschaft anbetet, einen ungeschliffenen Edelstein, der mit Staub bedeckt am Wege liegt. Und doch — was wäre die Welt ohne diese Liebe?!“

Von der Herzogin von Belton redete man viel. Sie schien aufzuleben nach der Abreise ihres Gemahls. Man sah sie viel in der Gesellschaft, sie erschien in glänzendster Toilette, heiterer denn je und allezeit von einem Schwarm von Verehrern umgeben. John Gay war stets unter ihnen. Der arme John, vielleicht mühte er sich, im Strudel des Lebens in der großen Welt ein Bild zu vergessen, das in der Einsamkeit immer so drohend vor ihm aufstieg und ihn zittern ließ vor Furcht und Reue. Und es war doch ein so sanftes süßes Bild, das Bild jenes bleichen Mädchens im weißen Häubchen und festgestecktem Busentuch, mit müden dunkeln Augen und einem traurigen Lächeln um den Mund. —

Er war unruhig und krankhaft aufgeregt, der Dichter John Gay, und man sagte von ihm, er werde nicht lange leben.

Ein anderes Leben erlosch in eben dieser Zeit sanft, wie die Sterne erlöschen, wenn der Morgen kommt. Elisabeth Thomson schied, um zu ihrem Liebling zu gehen. An ihrem Sterbelager standen nur Lavinia Fenton und der Orgelspieler Magnus. Es war ein erhebendes Sterben. Sie hörte wunderbare Melodieen, die heimgegangenen, glänzenden Gestalten waren es, die nach ihr die Arme ausbreiteten. Und Jamie vor Allen! Sein kleines Instrument tönte wie ein Harfen-Accord in demselben Augenblick, als die liebende Seele Elisabeth's sich vom Körper trennte und der letzte Athemzug ihren Lippen entfloh. Und an dem Begräbnißtage Elisabeths war es, als ein Briefblatt aus Brüssel ankam, mit seltsam verzerrten Schriftzügen: — der Herzog von Belton war schwer erkrankt. Kaum drei Stunden später hatte Lavinia Fenton London verlassen. Einen Begleiter für diese große und beschwerliche Reise hatte sie aber nicht zurückweisen können: ihren Stiefvater, den Wirth der Beswik-Schenke. „Ich begreife, daß Du gehen willst", sagte er, „aber laß mich als Deinen Diener mitgehen.“ —

Welch eine Reise! Welche Herzensmartern, welche Verzweiflung, welche Vorwürfe, ihn verlassen zu haben, welche Gebete bis zur endlichen Ankunft! Lavinia fand den Geliebten ohne Bewußtsein. Tage und Nächte voll unsagbaren Martern folgten. Sie wich keinen Augenblick von dem Kranken. Und dann, als der Strahl des Erkennens wieder aus diesen angebeteten Augen brach, als diese Lippen wieder Worte der seligsten Liebe stammelten, als die Arme sich matt nach ihr ausstreckten, konnte sie da von ihm gehn? Nimmermehr! Er brauchte sie, Grund genug, ihn nie wieder zu verlassen. Nie wieder! Lavinia brach an diesem langen und gefahrvollen Krankenlager mit ihrer Vergangenheit. Sie tauschte eine ernste Gegenwart und dunkele Zukunft gegen ein Leben voll fröhlicher Triumphe ein. Vergebens waren die stürmischen Mahnungen ihrer Pflegeeltern, vergebens die zürnenden Briefe Händels.

„Ich habe Euch mein halbes Leben gegeben, der Rest gehört nun ihm, den ich liebe“, so lautete ihre Entgegnung. „Vielleicht nennt Ihr es ein Leben der Schande, ich nenne es anders, ein Leben voll Glück, denn ich darf bei ihm sein, er hat mein Opfer angenommen. Es giebt fortan nur e i n e Schande für mich — ihn zu verlassen. Ewig werde ich Euch danken, was Ihr an mir gethan. Ich bin bis jetzt den Weg gegangen, den Ihr mir angewiesen, es war ein heiterer Weg voll Rosen; jetzt muß ich meinen Weg gehn, es ist ein mühevoller, aber ich fühle s e i n e Hand in der meinen und da wandert sich's leicht, selbst auf glühendem Wüstensand. Beklagt mich nicht, ich bin so glücklich, wie ich auf Erden und im Himmel zu werden vermag: i c h b i n b e i i h m!“

Und es blieb blauer Himmel und ewiger Sonnenschein über diesen beiden Häuptern, trotz aller Noth und Entbehrung, die noch heranschlich, um diese Liebe zu prüfen. Welchen Namen das Elend auch hatte, das sie traf, für sie war es kein Elend, für sie gab es fortan nur noch ein Leid: Trennung — und dies Leid war hinweggenommen durch die Hand der ewigen Barmherzigkeit, aus dem Leben der Beneidenswerthen. —

Den Schluß dieses reichen Daseins schildert, fast ein Vierteljahrhundert später, einer jener Briefe Walpole's, die man nach dem Tode des berühmten Mannes für eine Mit- und Nachwelt so sorgsam zu sammeln versuchte. Wir entnehmen ihm folgende Stellen:

„Der Herzog von Belton hat die einst gefeierte und jetzt immer noch hinreißende Lavinia Fenton zu seiner Gemahlin erhoben, nachdem die Herzogin endlich gestorben und die Sängerin zwanzig Jahre hindurch seine Geliebte gewesen war. Zwanzig Jahre! Der Glückliche! Muß man nicht zum Neider werden! .

.„Die Unvergleichliche kam, nachdem sie mit ihm mehrere Jahre im Auslande gelebt und die Zeit der Krankheit und Ungnade treu mit ihm getheilt; — denn er war eben wirklich in Ungnade gefallen in Folge der Klagen seiner Gemahlin und Bolingbroke's, der die Fenton nicht missen wollte, nach London zurück und trat wieder auf. Trotz aller Machinationen lag ihr alle Welt wieder zu Füßen. Die Männer waren mehr berauscht von ihr denn je zuvor, ich selbst vielleicht auch. Man kann nicht aufhören sie zu lieben. Jetzt ist ihre Stimme nicht mehr glänzend und ihr Gesicht verblüht, und doch läßt ihr Geist und ihre Grazie die schönsten und jüngsten Frauen langweilig und ungeschickt erscheinen neben ihr. Man feiert sie noch wie in ihrer besten Zeit, und die Mächtigsten und Reichsten würden sich keinen Augenblick bedenken, ihr Rang und Reichthum zu Füßen zu legen, wenn nur die geringste Aussicht vorhanden, daß ihre zierlichen Hände solches Geschenk aufhöben.

„Aber, mein Freund, — lasciate ogni speranza, voi ch'entrate in den Zauberkreis der Lady Belton. Sie liebt nur ihn, den Beneidenswerthesten aller Menschen, der meiner Ansicht nach sie durchaus nicht verdient. Er liebt sie treu, das ist aber auch Alles! Und solch ein Weib treu zu lieben, ist kein Verdienst. Zwanzig Jahre das Leben einer Geliebten zu führen, verfolgt von einer Wüthenden — denn die Herzogin that Alles, sie zu kränken, zu vernichten, ja selbst zu tödten — lange Zeit verleugnet von denen, die sie am meisten liebte, von ihren Pflegeältern, die sich erst nach einer wunderbar herrlichen Aufführung der Händelschen Athalia wieder mit ihr aussöhnten, umringt von einer Schaar Sclaven und freier Männer, die Alle ihr Leben hingäben um ein Lächeln von ihr — und dennoch, ich finde keine Worte, solche Liebe genügend zu bewundern, nur von seinen Blicken zu leben! Nun, er hat schöne Augen, das ist wahr, im Uebrigen sind wir Anderen, denke ich, genau so viel werth, wie er. Lavinia Belton hat ihren jetzt erblindeten Vater noch immer bei sich, den ehemaligen Wirth der Beswik-Schenke, und soll ihn mit hingebender Zärtlichkeit pflegen. Sie hat zwei Kinder, Knaben, schön wie die Engel, oder besser gesagt, schön wie ihre Mutter. Händel ist, als die wunderbare Frau nach Holland ging, schwermüthig geworden, und componirt seitdem nur Oratorien, die man aber sehr rühmt. Die Oper liegt ziemlich darnieder, und es ist kein devils dozen mehr da, ihr aufzuhelfen. Gay ist todt, eben so der häßliche Dechant von St. Patrik, auch Richard Savage; und der geistvolle Chesterfield ist zuweilen sehr grämlich, weil — der Herzog von Queensbury durchaus nicht sterben will. Vor vielen Jahren sagte man einmal, daß er sich verheirathen wolle; seine schöne Freundin, die Herzogin, ging eben damals auf ein ganzes Jahr zu ihrer Schwester nach Schottland. Er gab aber wohlweislich diesen Plan wieder auf, und als sie heimkehrte, soll sie in Ohnmacht gefallen sein bei dieser Nachricht. Kurzsichtige Leute sagen, es sei dies aus Kummer geschehen über eine vereitelte Hoffnung, die Anderen behaupten, aus Freude. Wie dem auch sein mag, die reinste, uneigennützigste Freundschaft verbindet diese Beiden noch bis zur Stunde miteinander.

Sie sehen sich täglich, und es ist eine Erholung, diesem Beisammensein beizuwohnen, es giebt kein heitereres, witzigeres Freundespaar unter der Sonne. Ich bezweifle, daß Kitty und Chesterfield glücklicher werden könnten durch eine Ehe, als sie es jetzt sind, da sich durchaus keine Leidenschaft in ihre Zärtlichkeit mischt. Sie ist noch immer die Schützerin aller Poeten im ganzen Lande und da die alten Dichter, wie Pope und ähnliche, ihre Federn verloren, d. h. langweilig geworden sind, so sammelt sich eine junge Schaar unter der Anführung Thomsons, unter der wohl Fielding, Spencer und Johnson die bedeutendsten.

Noch Eins: Lady Montagu ist wieder zurückgekehrt, ich habe sie gesehn. Es scheint mir, daß ihr Geiz, ihr Schmutz und ihre Lebhaftigkeit noch zugenommen haben. Ihre Kleidung ist wie ihre Sprache, ein Gallimathias aus den verschiedensten Ländern. Sie bedarf keiner Haube, keines Schnupftuches, keines Kleides, keines Unterkleides, keiner Schuhe; ein alter schwarzgestreifter Hut stellt die erste dar, das Futter eines Reitrockes, welcher den dritten Artikel ersetzt, dient für den zweiten, ein barchenter Unterrock ist ihm beigesellt und vertritt die Stelle des vierten, und Pantoffeln ersetzen die Schuhe. In Florenz war sie der Gegenstand allgemeinen Gespöttes. Alt, schmutzig, zuweilen entsetzlich aufgeputzt und geschminkt, trieb sie sich schwatzend und scherzend mit allen jungen Männern der Stadt umher. *)

Noch eine einst so glänzende Schönheit ist vergangen, Lady Hervey hat sich von der verderbten Welt zurückgezogen. Einige behaupten, weil sie fromm, Andere weil sie häßlich geworden sei. Ihr Gemahl fährt fort, durch seinen Geist, seine Bosheit und sein abscheuliches Gesicht den Frauen die Köpfe zu verrücken, — in ähnlicher Weise, wie einst der abscheuliche Frauentödter Swift.

Morgen tritt Lady Belton zum Besten der Armen zum letzten Mal in Sadlers Wells auf

*) Wörtlich aus Walpole's Briefen.

und zwar in jener Rolle, in der sie zuerst Aller Herzen gewann, als Polly Parchum, in der tollen Beggars Opera.

Dies ganze Ding ist und bleibt in der That eine köstliche Satyre, die Leute haben Recht; aber es ist nicht allein eine Satyre auf ein Stück Zeit aus der Regierung Georg I., sondern auf die Welt und das Treiben der Menschen überhaupt. Wahrlich, mein Freund, glaubt es mir, das ganze Leben mit seinen wunderlich zusammengeflickten Ereignissen, mit seinen groben Täuschungen und derben Späßen, mit seinem Witz und seinen Thränen, mit seiner selten belohnten Tugend und — seinem noch seltner bestraften Laster — ist in der That nichts anderes, als die ziemlich schlechte Aufführung einer

Beggars Opera.

CPSIA information can be obtained
at www.ICGtesting.com
Printed in the USA
LVHW040021180422
716440LV00005B/511

9 783752 597264